集英社オレンジ文庫

竜の国の魔導書《グリモワール》

森　りん

本書は書き下ろしです。

Contents

Le Grimoire du pays des Dragons

Characters
アドリアン
エルディ島総督の息子。
明るく朗らかな青年。
エリカの婚約者だったのだが⁉
エリカ
マディール王国屈指の
名門の家の娘。アドリアンと
結婚するため、エルディ島に
渡ったものの……⁉
正装

正装
ミルチャ
エリカの働く図書館に
突然現れた怪しい風体の男。
伝説の魔導書「オルネア手稿」を
探してると言うのだが…⁉
イオアナ
エルディ島郷士の娘。
その美少女ぶりに社交界が
騒然となる。

竜の国の
魔導書《グリモワール》
Le Grimoire du pays des Dragons

序章

エルデイ島は、マディール王国の隣、大陸の西端に浮かぶ小さな島だ。

海を隔《へだ》ててマディール王国のすぐ隣にあるというのに、いまだに妖精や竜が住むと言われ、住民たちは土着の信仰を守り続けているという島。有り体《ありてい》に言えば鄙《ひな》びた僻地《へきち》の植民地の島である。

そのエルデイ島へと、故郷マディール王国を離れてエリカが出立することになったのは、婚約者のもとへ行くためで、つまりは結婚をするためだった。

マディール王国の海の玄関口、港町カロチャは首都マディールから馬車で四日の距離だ。そこから船に乗り換え、さらに一日を経過して、ようやくエルデイ島の港町にたどり着くのだ。

エルデイ島では、そこかしこに植えられたスモモの木に白い花が咲いて、進む道に彩りを添えていた。ちらちらと舞う花びらが、馬車の小窓からもうかがえて、それはまるで夢の中のように美しく見えた。

エリカは、マディール王国でも屈指の名門、エステルハージ家の長女である。であれば、王家に嫁《とつ》ぐことさえ考慮に入れられてもおかしくはない。だが、彼女が娶《めあわ》される相手は、エルデイ島の総督ヴァーシャリ家の息子アドリアンだった。

アドリアンに最後に会ったのは、ちょうど一年前のことだ。

王家の方々も参加されるルダシュ城の舞踏会で、エルデイ島から久しぶりに戻ってきたアドリアンは、誰をも魅了する陽気な笑顔を振りまいてエリカの手を取った。

「ぼくの美しいエリカ、君を今からエルデイ島に攫《さら》っていきたいよ」

歯の浮くような言葉も、アドリアンの口から放たれるとそれなりにしっくり感じられるから不思議である。その言葉に十九歳のエリカの心は我知らずときめいたが、口から出てきたのは、エステルハージ家の娘としての言葉だった。

「まあ。そんなこと言って。お父様のお仕事をしっかり補佐するためにも、きちんとお勉強なさらないと」

「君はあいかわらずだなあ」

エリカの言葉に、アドリアンは苦笑しつつも、優雅にエスコートしてダンスを踊る。幼い頃に婚約し、機会があるごとに顔を合わせては遊ぶ間柄だったが、結婚が現実味を帯びる年齢になってくると、様々なことを意識せずにいられない。アドリアンは客観的に見ても好青年だった。しっかりした体つきで背も高く、明るい赤毛に縁取《ふちど》られた顔立ちは特に目立つところはなかったけれど、笑うとえくぼができてそれが妙に魅力的だった。前向きで、つねに楽しいことを探そうとするところや、誰とでもすぐに仲良くなれる人なつこい性格は、少々人見知りなところのあるエリカにはいつもまぶしく感じられた。

彼の腕に導かれながらくるくるとステップを踏むと、まるで自分が蝶になったように身軽に動くことができた。目の前にいるアドリアン以外のすべての景色は水のように流れていく。物心がつく前に、否応もなく決められた相手ではあるけれど、それがアドリアンでよかったとエリカは思う。きっと、アドリアンとならば、平和な家庭を築くことができるだろう……。

エルデイ島にたどり着いた初日の宿は、港町にある小さくも居心地のよい設《しつら》いのホテルだった。そのホテルに、突然使者がやってきたのは、着替えもすませて少し落ち着いたくらいのときだった。

「きっとアドリアン様の歓迎の遣《つか》いですよ、お嬢様がエルデイ島にいらしたから」

侍女のペトラはそう言って微笑んだ。ペトラは同い年の十九歳で、もう五年ちかくもエリカに仕《つか》えてくれている。主人がエルデイ島に嫁ぎに行くとなると、マディールには戻れない可能性があるにもかかわらず、お嬢様のためなら植民地の島でもどこでもついていきますっ！　と言ってくれたありがたい存在である。

「お嬢様、ヴァーシャリ家の遣いです」

しばらくして、マウレールが浮かない表情でやってきた。マウレールはエステルハージ家に古くから仕える初老の使用人で、今回の嫁入りに際し、エリカについてくることになった。ふだんからなんとなく憂《うれ》いを帯びたような表情をしているが、今日はいつにもまして気遣わしげだ。

「……アドリアンの遣いということかしら？」

「……いえ。ヴァーシャリ家の方です」

それは奇妙な言い回しだった。ヴァーシャリ家はアドリアンの実家である。アドリアンの意図とは別に、なにか伝えたいことでもあるのだろうか。

なんとなく不吉な予感がしたが、エリカは急ぎ使者を出迎えた。

中年のその使者は、現れたエリカを見て、はっきりと表情を曇らせた。

「お疲れのところ、突然押しかけて申し訳ございません。当主より、至急お伝えしなければならないことがございまして」

「……ヴァーシャリのおじ様から？　アドリアンに何かあったの？」

エリカの問いに、使者は実に気まずそうな顔になった。

「じつは、アドリアン様が駆け落ちしまして」

「……はい？」

エリカは訳がわからずに聞き返した。

「……駆け落ち……と言うと、恋の逃避行であるところの、あの、駆け落ちですか」

「はあ。まあ、そういうことです」

「私はアドリアンと結婚する予定なのに……？」

「……ええ、はい。……つまり、その……アドリアン様は、すでに別の女性との結婚を成立させてしまいまして」

「……」

エリカは、呆然と使者を見つめた。そうして、ようやく使者が気まずそうにしていた理由を悟った。そのとき浮かんだ思いは、この使者への同情だった。この人、よりによって、私にアドリアンの駆け落ちを伝える羽目になってしまったのね。とんだ貧乏くじだわ……。

「な、なんですって!? アドリアン様が、お嬢様を差し置いてほかの方と結婚なさったですって!?」

ふいに悲鳴のような声が聞こえて、使者はぎょっとしたように扉の方を見た。ペトラが愕然《がくぜん》、という表情で扉の前に立っている。

「そんなっ！　お嬢様がどれだけの覚悟でこんな田舎《いなか》の島にやってきたと思ってるんですか！　ここまで来て破談だなんて、そんなことが許されるわけがないじゃないですか！」

ペトラはそう言いながら使者の方へと駆け寄ってつかみかかろうとした。

「そうは言いましても、私としては事実をお伝えするよりほかはなく。ヴァーシャリ家としてもこれは青天《せいてん》の霹靂《へきれき》……ぐえ」

「ペトラ、おやめなさい！　この方はただ事実を伝えに来ただけで」

「どうしてくれるんですか、このままではお嬢様の評判に傷がついてしまうじゃないですか！」

「ペトラ、だめよ、そんなふうに首を絞めたら……マウレール！　マウレール！　ペトラをなんとかして！」


……とにかく、そのような経緯《いきさつ》で、エリカの結婚は破談となったのだった。

第一章

図書館の家出嬢

前略
マディールでは水仙の花が満開になりましたが、エルデイ島の春はどんな様子ですか。

一度そちらに伺《うかが》いたいとは思いますが、近いようで遠いのがエルデイ島で、なかなか機会をえられません。

エリカがエルデイ島に行ってもう一年経《た》つけれど、元気で過ごしていますか。

主都のゴルネシュティでは通り魔まで出没すると言いますが、治安は大丈夫ですか。お父様も心配しています。

あなたが気にするような噂はもうだいぶ下火になっていますよ。

そろそろルダシュに戻ってきてもいいのではないかしら。

よい返事を待っていますよ。

かしこ

エリカは母から届いた手紙を読み返すと、ため息をついて図書館の閲覧《えつらん》机の上に置いた。

母からの手紙は月に一度は届いて、エリカに帰還を催促してくる。

エリカは図書館の窓の外に咲くスモモの花を見た。マディール王国で春の訪れを告げるのは水仙だったが、ここエルディ島では、この白いスモモの花が春を告げてくれる。そこかしこに植えられたスモモの木に白い花が咲き誇り、垂れ込める曇天《どんてん》の下、ほんのりと明るさを添えていた。エルデイ島に初めて上陸した日も、こんなふうにスモモの花が咲いていた……。

（エルデイ島に来てもう一年……）

エリカは今、いろいろあって、ここ、エルデイ島の王立図書館に勤めている。ここで働くようになるまでの道のりを思い返すと頭が痛くなるが、ようやく平和な日々をつかんだのであるから、母の手紙が何通来ようが、マディールに帰るつもりはまったくなかった。

「あ、なんすか、エリカさん、ため息なんてついて」

ふいに背後から声をかけられて、エリカは振り向いた。同僚のトーネが興味深げにこちらの机をのぞき込んでいる。まだ背が伸びていそうな、十代らしいひょろりとした体つきで、四角い顔に短く切ったにんじん色の髪の毛がつんつんと跳ねている。

「ラブレターっすか。うわあ、恋煩《わずら》いだ」

「ちがいます。母からの手紙です。早く実家に帰ってこいと」

エリカは間髪《かんはつ》を容れずに答えた。

「なあんだ。相変わらず色気ない感じですねえ。エリカさん、綺麗なのにもったいないっすよ」

「図書館で働くのに色気なんて必要ありません」

「そうかなあ。出会いがあるかもしれないじゃないですか。書庫に調べ物に来た学者さんとの出会いとか。恋が芽生えちゃったりして」

恋、と聞いてエリカは眉根を寄せた。図書館で働く同僚は、エリカがエステルハージ家の令嬢とは知らない。たしかにエステルハージ家はエルデイ島にも名を知られる名門ではあるが、その分親戚も多いのだ。市井《しせい》で庶民と変わらぬ生活をしているエステルハージもいるので、遠縁、といってもまあ、通じるのである。

「あのですね。どうしてそういう方向に持っていこうとするんですか。人間、恋愛しなくても生きていけますよ」

「それ、人生損してますよ。なにか、辛《つら》い思い出とかあるんですか」

「……」

エリカは、一年前のことを思い出して、目を閉じた。

アドリアンとの婚約破棄は、トラウマと言えば、この上ないトラウマである。

思い起こせばこの一年。それは怒濤《どとう》の日々でもあった。

使者がとんでもないことを告げに来たあの日、エリカよりも先にペトラが怒りくるってしまったため、それをなだめるのに必死になり、自分の身に起きた悲劇に浸《ひた》る余裕もなくなってしまった。

我に返ると、目の前にあるのはただ一つの事実だった。

アドリアンは、エリカを捨てて、別の女と結婚してしまった。

幼いときから、アドリアンと一緒になると言い聞かせられていたのである。いまさらそれはなかったことに、と言われても、頭がついていかないのである。

さらに追い打ちをかけるように、マウレールが翌日持ってきた社交界新聞に、アドリアンの駆け落ちの話題がでかでかと載《の》ったのである。相手は、エルデイ島の郷士《ごうし》の娘、イオアナ・フネドアラだった。

イオアナ。その名を見て、エリカは理解してしまったのだ。アドリアンがなぜ駆け落ちをしたのかを。

社交界は狭い世界だ。誰もが顔を知っており、誰もが互いの身分や家族や経歴を知っている。場合によっては懐《ふところ》具合まで。

辺境の植民地の島からやってきて、わざわざ国王陛下に拝謁《はいえつ》を賜《たまわ》り、社交界に颯爽《さっそう》とデビューしたイオアナは、誰もが目を見張る美少女だった。エリカも彼女の姿をいくつかの舞踏会で見かけた。細く均整のとれた身体は、流行のクリノリンドレスがよく似合っていた。ふんわりとした金の巻き毛に、そばかすが少しばかり散った白い肌はよくなじんでいた。なにより魅力的なのは、くるんと上を向いたまつげに縁取《ふちど》られた大きな緑色の目で、猫のようにくるくると表情を変えた。話しかけられれば、柔らかな笑みを浮かべ、それでいながら当意即妙にやりとりする姿はあっという間に社交界の話題を攫《さら》った。

それに対して我が身を振り返ってみると、エリカは目立たない存在だった。背は高くもなければ低くもなく、髪の色は平凡な栗色。それなりに整った顔をしているし、切れ長の目が涼しげで悪くないわよ、などと母のアグネスは言ってくれるのだが、鏡で自分の顔を見るに、その涼しげなる目が他者にもたらす印象が、どうにも険があるものに思えてならない。その目つきのせいなのか、それとも無駄に高いエステルハージ家の家格のせいか、エリカに話しかけてくる人はさほど多くない。しかし、ややこしい人間関係に煩わされないですむのは楽であるし、そもそも結婚相手は決まっているので、あちこちに媚《こび》を売る必要もないのであるから、なんの問題もない。……はずだった。

今にして思えば、最後にアドリアンと会ったあの舞踏会に、イオアナは来ていたはずだ。花のようにあでやかに、柔らかな笑顔を振りまいて……。

エリカは母の手紙にちろりと目をやった。

『あなたの気にするような噂は下火になっていますよ』

そして、またため息をついた。

(そんなわけ、ないじゃない)

あまり乗り気もせず、半ば義務で顔を出していた社交界であるが、それがどういうところであるか、エリカは一応知っている。

王に許された名家の人々が集まり、交流をする場なのであるから、もちろん有意義な話題も交わされる。だが、お金があって暇《ひま》がある人間のすることは、今も昔も噂話である。なにしろ、社交界新聞なるものが週に一度は発行され、格好の噂話の種として重宝されているくらいなのだから。

アドリアンとイオアナが駆け落ちしたという記事が載った社交界新聞は、エリカを打ちのめした。そこには、エリカには一切身に覚えのない、初めて聞いたようなことが書き連ねてあった。

曰《いわ》く、エステルハージ家令嬢(エリカのことだ)は領地に思いを寄せる平民の男性がいて、密通を繰り返していた。それがバレそうになって、エルデイ島に乗り込んでアドリアンと成婚を急いだというのである。しかし、エルデイ島で愛をはぐくんできたアドリアンとイオアナは、その前に駆け落ちに至ったのであった……。

なんですか、それは、と思わず聞き返したくなるような内容である。

たしかに、ルダシュでの舞踏会やら晩餐会《ばんさんかい》やらが煩わしく、領地に籠《こ》もることもなきにしもあらずであったが、思いを寄せる男などいたことはない。過去一年、家族以外の異性との接触をあえて言うなら、領地で趣味の水彩画を描くときに、地元の子供に綺麗な景色の見られるところを聞いたぐらいのものである。

しかし、それが事実でも、そうでなくても、新聞に載ってしまった以上、人々はそれを真実と受け止めるのである。噂の種になりそうなゴシップであればなおのこと……。

そんな状態でマディールに帰ればどうなるか、推《お》して知るべし、というところである。それに、厳格な父が、エリカのことをどう扱うのか考えてみても、あまりいい予感はしなかった。まさか新聞記事を鵜呑《うの》みにすることはないだろうが……。

とはいえ、起きてしまったことは仕方がない。彼女なりに考えた末に、エリカはそのままエルデイ島に残ることにしたのだった。そこからも、かなり大変ではあったのだが……。

「あ、すいません、なんか嫌なこと思い出させちゃいました?」

黙り込んでしまったエリカを前に、トーネは少しばかり遠慮がちに声をかけてきた。

「……いえ。とにかく、私はいまのところ、仕事に集中したいと思っていますので」

「まあ、エリカさんがいい仕事してくれるから、俺たちも助かってますけど。でも、そんなに仕事してどうするんですか」

「決まってます。臨時職員ではなく、正式採用です。図書館に公務員として正式に採用されれば、退職金も出ますからね」

　エリカはきっぱりと言った。

「……退職金……。えーと。エリカさん、今……」

「二十一歳です」

「……俺の三つ上なだけじゃないですか……。そんな先のこと考えてどうするんですか」

「確かに先のことですが、世の中思い通りにならないと、この一年でよーくわかったんです。目指すは自立です。今は借りた家に住まわせてもらってますが、ゆくゆくは自邸を構えたいと思っているので、その資金も必要です。それに、私はマウレールとペトラという大事な使用人も養っていかなければいけません。そして人生で一番大事なのは、老後です。その点、図書館員の退職金は悪くありませんし、年金も出ます。それにプラスして、現在行っている投資もいまのところ成功していますから、老後も安泰です。しかし、それもこれも、正式採用されなければ意味がありません。つまり私の今後の人生は、ここでの働きにかかっているのです」

　エリカは一気にまくし立てた。トーネは顔を引きつらせた。

「……そこまで考えてるんですか……」

「逆にお聞きしたいのですが、そこまで異性とのおつきあいに浮かれるのはなぜなんですか」

「そりゃ、楽しいからですよ。つきあいたての彼女と初めてのデートするときのどきどき感もいいし、なじんできた頃に、飯食ったりしながら過ごすのも楽しいですよね。エリカさん、そういうのないんですか」

「……」

どうであろうか。アドリアンとは幼い頃からのつきあいだから、どちらかというと兄妹のようであった。そもそも、上流階級の女性は、付添人なしに異性と会ったりしないのである。

「えー、それは人生損してますよ！　もったいないです！　楽しいですよ、デート。そうだ、エリカさん、今度デートしましょうよ。新しくできたパブがあるんです」

トーネは目をきらきらさせて言う。

「でも、いまは夜に通り魔が出ると言いますし」

「じゃ、明るいうちに行きましょうよ。健康的でいいじゃないですか」

「……恋人がいらっしゃるのでしょう？」

「いやあ、今フリーっす。だから、なんの制約もないっすよ！」

エリカはしばし考えた。あれだけ痛い目に遭《あ》った後だけに、愛だ恋だはもうごめんである。とはいえ、むげに断るのも悪く思えて、エリカは答えた。

「……考えておきます」

「えへへ、前向きにお願いしますね～」

トーネは手をひらひらさせると、ランチに行ってきまーす、と元気よく出ていった。

エリカは母の手紙を丁寧《ていねい》に折りたたみ、手提《てさ》げ袋に戻した。

「……起こってしまったことは仕方ないわ」

エリカは独りごちると、席を立った。

アドリアンとの出来事は手痛い打撃だった。けれども、今ならわかる。それまでのエリカの生き方のなんと依存的であったことか。自分がどう生きるかの選択の全てを、他者にゆだねていたのだ。だから、そこから外れた生き方を想像することもなかった。

（私は、愚かだったのよ）

紆余曲折《うよきょくせつ》はあれど、こうやってなんとか勤め先も見つけ、働くこともできるようになった。年金を手に入れるという夢もある。

（お母様には悪いけど……）

マディールに帰るつもりはまったくなかった。

マディール王立図書館エルデイ館は、王国でも最大の図書館の一つである。王立とは言うが、エルデイ島がマディール王国の植民地になる前から存在している図書館で、六つの分館を持ち、その蔵書数は二百万冊を超える。中でももっとも古く価値があると言われているのが敷地の中心に鎮座する横長の建物、カンテミール館である。長さ六十五メートルに及ぶ建物内部の天井は平らな漆喰《しっくい》作りで、両側にはずらりと古い書棚が並ぶ。エルデイ島における叡智《えいち》の塊《かたまり》である。

しかし、エリカの働く場所は、その上の階である。北に面して大きな窓がある明るいその部屋は写字《しゃじ》室とよばれる。古く価値のある書物の写本を作るのがエリカの仕事だった。

活版印刷が普及した今でも、価値ある古書の意義が失われたわけではない。大切な本を保管するためにも写本は今も行われているのだ。

軽石で羊皮紙を磨いてなめらかにし、定規と錐《きり》を使って縦横の線を引く。昔ながらのガチョウの羽根ペンをインク壺に浸《ひた》すと、おもむろに字を写し始める。

今、エリカが写しているのは、エルデイ島の秘宝、魔術を記したという四冊の魔導書《グリモワール》の一つ、『イプシランティ第三の書』。うそかまことか、魔導書四冊を端から端まで読めば、魔法が使えるようになるとの触れ込みであるが、イプシランティ第三の書を書写している限りでは、エルデイ島の古語、ロヴァーシュ文字で、記憶術や、弁論術が書かれているだけである。

とはいえ、所々に描かれた目を見張るような精緻《せいち》な曲線や、擬人化された動物のモチーフの絵は美しく、随所にあしらわれた組紐《くみひも》や三つどもえのパターンは複雑でとても洗練されている。これらをうまく写し取るのも、エリカの仕事だった。

写本の技術は最近学んだものだが、その下地はこれまで趣味でたしなんでいたカリグラフィーや、水彩画だ。今、それが役に立っている。

まあ、何はともあれ、面倒な人間関係も少なく、一人で没頭できる仕事で、なおかつ給料もそこそこもらえるわけであるから、今のエリカにはありがたい話だった。

ある程度写字を終え、複雑な模様に取りかかろうと、瑠璃《るり》石を砕いて作った絵の具を用意しようと思ったとき、ふと見知らぬ人影が書棚付近にいることに気づいた。トーネでもなければ、ほかの職員でもない。

写字室にある本は、全て稀覯書《きこうしょ》であるから、職員以外は基本立ち入り禁止のはずである。

「あの。どちら様ですか」

エリカが声をかけると、その人影は、ふらりと振り返った。

「あ、見つかっちゃったなあ」

（……なに、この男の人）

エリカは啞然としてその男を見た。

（変。すごく変だわ）

まず、着ているものが変だった。流行遅れな形のコートの襟《えり》は大きく、その下には丈《たけ》の長いベストを身につけている。ズボンもなんだかシルエットが古くさい。要するに、全てがダサい。まるで三十年前の肖像画から飛び出てきたような格好である。

伸び放題、という雰囲気の髪は一応ひとまとめにしてあった。銀色のさらさらした髪の下の、首筋や顔の線などは意外なほどすっきりして見えたが、全てを台無しにしているのが、分厚く大きな眼鏡だった。人相も年齢もわからないほどである。

「や、わたし、こういった者で、本を探してるんだよね」

その声は、案外と若いものだった。

「……はあ」

渡された名刺には、古くも美しい書体で名前が記されていた。ミルチャ・アントネスク。

「アントネスクさん、ですか……。いったい何の本を」

「この本。こっちにあるんじゃないかって教えてもらったんだよ」

探している本の書名は、『オルネア手稿《しゅこう》』。

エリカは目を瞠《みは》った。

「魔導書じゃないですか。どうしてそんなものを」

エルデイ島にあるという四冊の魔導書のうちの一つ、オルネア手稿。

確かに、エリカは今、もう一つの魔導書『イプシランティ第三の書』を写本してはいるが、それも大変厳重な手続きの末でのことである。こんな得体の知れない男がなぜ……。

「これでも、一応エルデイ島の歴史を調べてるんで」

「でも、稀覯本は閲覧すら許可が必要で……」

「大丈夫、館長の許可はちゃんとあるし。ほら」

差し出された紙には、確かに館長の名前と、本の閲覧を許可する旨《むね》が記されていた。

「……」

エリカの表情はよほど胡乱《うろん》そうに見えたらしい。眼鏡の男は頭を掻いた。

「困ったな。信用してもらえない？」

「……館長の許可があるなら、本当なんでしょう。一緒に探します」

「え、大丈夫だよ。きみ、写字生なんでしょ。仕事の邪魔しちゃ悪いし、わたしひとりで探せるよ」

「いいえ。お手伝いさせていただきます」

いくら館長の許可があるとはいえ、こんな怪しげな男に図書館を一人でうろちょろされたくないのである。

「うーん……。そっか。じゃあ、頼むよ」

男に渡されたメモを手がかりに蔵書リストを当たると、普段は足を踏み入れることも滅《めっ》多《た》にない別館地下の特別書架にあることがわかった。

二人は写字室を出て鍵をかけると、目立たない裏口から別館へと向かった。

「エリカ・エステルハージ？」

エリカの名札を見たのか、男は緊張感のない声で話しかけてきた。

「エステルハージ家っていえば、本国の名門じゃないか。きみ、本国から来たのか」

「アントネスクさん。エステルハージの姓を持つ者が、マディール王国に何人いるとお思いですか」

「……まあ、そうだけど。きみの物腰はきちんとした家のものじゃないかな」

その言葉を無視して、エリカは言った。

「アントネスクさん、私のことは、その本を探すのに必要ないと思いますが」

「ミルチャでいいよ、堅苦しいだろ」

ミルチャは言った。

「でも、きみ、なかなか写字がうまかったね。イプシランティ第三の書は、書に描かれた装飾も重要だから、うまい人が写本しないと意味が変わってしまうんだ。その点きみの写本はすごくいいよ」

エリカは驚いてミルチャを見た。エリカが作業をしていたのを見たのはほんの一瞬だろうに、それを見極めたというのだろうか。それに、イプシランティ第三の書は、普通は目にすることもないはずの稀覯本なのに、妙に詳しい。

「……まるで、読んだことがあるかのような口ぶりですね」

「一応歴史研究してるからね～。それに、こう見えてもわたしは結構年配なんだよ」

こうもなにも、人相がわからないような眼鏡をしていては、年齢不詳としかいいようがない。

「歴史に魔道書が関係あるんですか」

「もちろん。うーん、そうだな……」

ミルチャはきょろきょろと周囲を見渡して、誰もいないか確認してから言った。

「今はきみ一人だし、話しちゃおうかな。お別れするときに記憶消しちゃえばいいしね。とっておきの秘密だよ。エルデイ島の歴史は魔法の歴史とも言っていい」

「……。魔法……、ですか」

この人、見た目だけでなく、中身も少しおかしいんではないだろうか。

確かに、エルデイ島ではそこかしこに土着の精霊信仰の名残《なごり》らしきものを見かける。建物の陰に祠《ほこら》があったり、なぜか花輪が飾ってあると思ったら、謎の石像があったり。どれもこれもその地に住まう精霊たちを祀《まつ》っているのだという。唯一なる神を信仰するマディール国教会の信徒であるエリカからすると、世の中には不思議な風習があるものだ、と感心してしまう。しかしである。

（本当に魔法があるなんて、信じてるの……？）

「そうか、きみは本国の人間だから、知らないんだな。エルデイ島の成り立ちを」

「知ってます。エルデイ島は、もともとは岩でできた無人島でしたが、大陸から移住したピクト人が……」

「うん、表向きはそうなってるよね。でも本当は違うんだ。エルデイ島は、竜の身体でできているんだよ」

「……竜？」

思いもかけない言葉に、エリカはぽかんとして聞き返した。

「そう。遥《はる》か昔、地上は竜が統《す》べていたんだよ。時が過ぎて地上に人が満ち、ほとんどの竜は去っていったけれど、二頭が最後まで残ったんだ。一頭の黒竜は、人間をすべて取り除いて竜の世を取り戻そうとした。もう一頭の白竜は、人間が地上に満ちたのは時の流れだとして、黒竜と対立した。結局、白竜が勝ったんだが、大きな傷を負ってね。そのときに、いくつかの卵を産み、常若《とこわか》の海に身を横たえて永《なが》の眠りについた。竜の巨大な身体はそのまま岩となって、エルデイ島になったんだよ」

エルデイ島に住むことになってしまったが、そんな歴史は聞いたことがない。

「エルデイ島に住む人は、その卵から生まれた竜の子孫だ。竜の子孫は魔法が使える。眠っている今でも魔力を放出している竜の力を使ってね」

「……そんな話、初めて聞くわ」

「わたしたちエルデイ人の間では、幼い頃から寝物語に聞かされる話だよ」

「民間伝承の類《たぐ》いね……」

「ま、本国の人たちにとっては……そんなところだろうね。基本的に竜については一切文字に残されていない。四冊の魔導書をのぞいて」

エリカはちょっと前まで写していたイプシランティ第三の書を思い出した。

「……でも、イプシランティ第三の書に、竜なんて一言も出てきませんでしたよ。美術的な価値の素晴らしさは認めますが、ただの実用的内容としか……」

「素直に読めばそうだろうね。だけど、あれは暗号みたいなものなのさ。真理はその裏にある」

ミルチャはそう言ってずり落ちてきた眼鏡を押し上げた。

「まぁ、そもそも、あれも写本だけどね。すごくよくできてるけど」

「え？　でも、図書館では本物だと……」

「本物は、とても常人が管理できるものではないよ」

ミルチャはそう言って、形のよい唇に笑みを浮かべた。

別館に入り、特別書架に向かいながら、エリカはふと気づいた。そう、変な眼鏡をかけているのに気をとられてしまうが、この男、顔の輪郭《りんかく》も、パーツも、よく見れば随分と整っている。

「さて、着いた。特別書架ってここだよね」

別館の特別書架は、図書館の中でも特に貴重な稀覯本が保管されているため、厳重に施錠されている。しかし、ミルチャはなぜか鍵を持っていて、あっさりと扉を開けた。

「鍵……、どうして持っているんですか」

「館長に借りたんだよ」

ミルチャはさらりと言うと、どうということもなく部屋の中へと足を踏み入れた。

重要書類を守るために、図書館の中でも、特別書架は一年を通して湿度や温度がほぼ一定で、直射日光の当たらない部屋が選ばれている。時々換気も行うが、古い本の匂いが鼻をついた。

（……変、やっぱり変よ）

エリカは、歩き出したミルチャの後ろ姿を見ながら思った。どうもおかしい。いくら館長から許可を得ているといっても、鍵まで持っているものだろうか。ここにあるのはエルデイ島の宝と言っていい稀覯本の数々だというのに。

「私が探します」

エリカは早足になってミルチャを追い抜いた。

「え、大丈夫だよ、自分で探せるよ」

緊張感のない声でミルチャは言ったが、エリカは重要書架に向かった。

（どうしたって信用できないわよ。もし盗まれたりしたら私の責任にされてしまうわ）

そうなってしまえば、正式採用の夢も遠のく。

重要書架は、がっしりとした大きな棚で、本は一冊ずつゆとりを持って横に置かれている。古いものが多いため、横置きの方が本の傷《いた》みが少ないのだ。棚の前には、手すりのような棒が渡されている。その棒にはいくつもの鎖が絡《から》んでいて、稀覯本と繋げられていた。盗難を防ぐためのもので、古くからある仕掛けだった。

「あれか……！」

しかし、ミルチャはエリカよりも先に目当ての本を見つけたらしい。それは、一番下の、非常に目立たないところに置いてあった。くすんだ青い山羊革《やぎかわ》の装丁《そうてい》の本で、四隅に飾り鋲《びょう》が打ってある。小口《こぐち》にはタイトルの書き込みがある。オルネア手稿。

ミルチャはエリカを押しのけて、手を伸ばそうとした。

「ちょ、ちょっと、待ってください。私が確認してから」

エリカはミルチャを押しとどめた。ミルチャはエリカに真剣な口調で言った。

「いや、この本、魔法がかけてある。わたしがまず解呪しないと」

この期《ご》に及んでまだ魔法などと言う。エリカは思わず声を大きくした。

「魔法なんてあるわけないじゃないですか！」

「本当なんだよ。面倒くさそうな魔法だから、先にわたしに渡してよ」

「ふざけたことを言わないで。じゃあ、あなたは魔法が使えるっていうんですか」

「うん。使えるよ」

あっさりと言うミルチャに、エリカは頭に血が上るのを感じた。馬鹿にしているのだろうか、この男は。

「じゃあ、私が確認した後にその魔法とやらで元に戻してください」

「え、ちょっと！」

エリカはオルネア手稿を手に取った。

本は案外軽かった。山羊革の表紙は金色に縁取りされて真ん中に濃い青の石が塡《は》め込まれている。だが、古いはずのその本の手触りは思いの外《ほか》なめらかで、しかも中に綴《と》じられた頁《ページ》の一枚一枚は明らかに紙だった。時代を考えれば羊皮紙のはずなのに。

違和感を抱いたエリカが表紙をめくろうとしたとき、突然それは起こった。

青い石が光る。その光の強さは目もくらむばかりだ。驚いて本を手放そうとしたが、どういうわけか、糊《のり》でもついたように手から離れない。

「な、ななな」

「だから言ったのに！」

もうまぶしくてとても目を開けていられない。エリカは目をぎゅっとつぶった。

「この代償は高くつくよ……！」

最後に、ミルチャがそう言うのが聞こえた。

『……ぼくの美しいエリカ、君を今からエルデイ島に攫っていきたいよ』

アドリアンは最後に会ったときにそう言った。

（もしも……）

エリカは今でも時々考えることがある。

（もしも、あのとき私がついていくと言ったら、アドリアンは私と結婚してくれていたのかしら……）

それは永遠に答えの出ない問いだった。

幼いときから一緒になると言われていた。それに、結婚は家と家を繋ぐ大事な責務だ。実際、父と母もそうやって一緒になった。はっきり言って、二人の性格はまったく合っておらず、仲がよいかと言われるとかなり微妙である。実務家で仕事一筋の父と、シャキシャキして社交に飛び回っている母と。エリカが横にいても会話がかみ合っていないと感じることは多い。だが、屋敷が広いので、夕食以外は会わなくてもほぼ問題なく、二人とも勝手気ままに過ごしている。それに、性格がかみ合わずとも、お互いを尊重し合ってはいるので、夫婦としての絆《きずな》はあるようなのだ。だから、結婚とはそういうものであろうし、自分たちもそんな感じになるのだと思っていた。二人の結婚は、エリカの父が決めたことで、エルデイ島の平和にも繋がると言われていた。エルデイ島の総督と、マディール王国の中枢《ちゅうすう》にいるエステルハージ家が縁続きになることで重要度が上がる。エルデイ島は植民地だから、本国の人々はどうしても軽く見がちだけれど、そこに住む島民たちが暮らしやすくなるようにしていかなければならない。エリカはその架け橋になるのだ。エステルハージ家の娘として、つとめをきちんと果たさなければ……。

『君はあいかわらずだなあ』

アドリアンはそう言って笑う。五つ年上の彼は、引き籠《こ》もりがちのエリカとは違って、エステルハージ家に遊びに来ては、領地のあちこちを探検したり、いつのまにか近所に知り合いを作ったりして楽しそうにしていた。アドリアンは時々エリカを外に誘い出して、そういった人たちの集まりに呼んでくれた。知らない人と会うのが苦手なエリカだったけれど、アドリアンと一緒にいればなんとなく安心することができたのだった。

（……アドリアンは、本当は迷惑に思っていたのかしら）

にこやかに手をさしのべて、アドリアンはエリカをダンスに誘う。けれどそれは義務的なものに過ぎなかったのだろうか。

（……アドリアン、それでも私はあなたと踊るのを楽しみにしていたし、いつもいつも嬉しかったのよ）

二人は踊る。闇と光が交互に訪れる空間を、くるくる、くるくる。

ふと、アドリアンがエリカの手を離す。そうして、エリカを置いて、光のある方向へと歩き出してしまう。その先には、笑顔で話すイオアナの姿がある。

エリカは闇の中に取り残されて……。

まぶたをあけると、目に映る景色はにじんで見えた。目尻から涙がこぼれて、こめかみへと流れていくのが、そのぬくもりでわかった。

(……なんて夢)

差し込む日の光は、朝の色をしている。まばたきを繰りかえすと、視界は次第に明瞭《めいりょう》になっていく。

(起きてしまったことは、どうしようもないのに……)

理性ではわかっているし、もう気にしないようにしている。でも、事件の当時は、心が削られるように、毎日が苦しくて仕方がなかった。

アドリアンとのことは親が決めたこと。そこに、情はあったが、愛や恋というものはなかったのだと、今ならわかる。それでもアドリアンの裏切りは、エリカの心にいつまでも塞《ふさ》がらない風穴を開けてしまった。そしてその傷は、ふとした拍子《ひょうし》に痛みを与えるのだ……。

(もう終わったことよ。気にしても仕方がないわ)

そこまで考えて、エリカははたと我に返った。

目に映る天井に見覚えがないからだ。天井板には、かつては色鮮やかだったであろう精緻な組紐模様が描かれているが、どれも経年劣化によってかすれている。梁《はり》も黒ずんでいて、隅の方には蜘蛛《くも》の巣まで張っているのが見えた。

「……」

今、エリカが住んでいる家は、不在地主のマディール人のものだけあって、調度や内装は質のよいものがそろっている。それに加えてペトラが気合いを入れて家の管理をしているので、掃除は完璧だ。天井に蜘蛛の巣が張っていることなんて、ありえないのだ。

エリカは起き上がった。まったく見覚えのない部屋だった。

それは木造の部屋で、それほど広くはなかった。広くはないが、ものは多かった。エリカの寝ていた寝台の反対側の壁一面に書類の山があり、一部土砂崩れを起こしている。右手の壁は出入り口らしき扉があるが、そのすぐ脇には衣類が層をなしていて、左手の隣の壁には大きめの窓があり、その窓台の上もものがいっぱいだ。率直に言えば、ありえないぐらい散らかった部屋だった。

(どうして、私はこんな倉庫もどきで寝てるのかしら……)

エリカが呆然と周囲を見渡していると、何かバッタのようなものが枕元から飛び出て、ぴょんぴょんと跳ねていった。変な虫がいるような寝台に寝ていたのかと思うと鳥肌が立った。扉が開いたのは、エリカが寝台から飛び降りようとしたときだ。

「やあ、おはよう。うん、意外と大丈夫そうだね」

聞き覚えのある声と共に入ってきたのは、若い男性だった。しかし、彼の顔を見て、エリカはぽかんと見入ってしまった。

それくらい、超絶に整った顔立ちをしていたのだ。すっきりとした顎《あご》の線に、通った鼻梁《びりょう》、形のよい唇。だが、何よりも引きつけられるのは長いまつげの下の目で、緑がかった青は、湖の底をのぞき込んだように深い色をしていた。

「……どなたですか」

「わたしだよ、ミルチャ。ミルチャ・アントネスク」

確かに、伸び放題の銀色の髪といい、古くさい衣装といい、見覚えはあった。だが。

「……まさか」

エリカがつぶやくと、目の前の美青年は苦笑いを浮かべた。

「眼鏡をかけたらわかってくれるかな?」

そう言うと、彼は頭に乗せていた眼鏡をかけた。分厚いレンズが彼の目を覆《おお》うと、見覚えのある顔が現れた。

「アントネスク、さん?」

「うん、そうそう」

エリカは呆然としてミルチャを見た。

「なんだってそんな眼鏡を……」

「……まあ、いろいろ理由はあるけれど……。一つには、どういうわけか、昔から素顔でいると目立ってしまうんだよ。それで、眼鏡をかけるのが一番いいかなって」

目立つ。それは、当然目立つだろう。社交界をそれなりに見てきたけれど、これほどの美形には男女を問わずお目にかかったことがない。神々《こうごう》しいまでの美しさだった。

「それで、気分は悪くない？」

「……気分？　いいえ、私は……」

どうしてミルチャはそんなことを聞いてくるのだろう、と思ったところで、エリカははっとした。

「そうだわ、私、図書館にいたはずなのに……。ここ、どこなんですか」

「ここはわたしの今の住まいだよ。ごちゃごちゃしてて悪いねえ」

「アントネスクさんの!?」

エリカは愕然《がくぜん》とした。寝台から降りると、朝の光が差し込む窓の外を見る。そこには、見渡す限りの田園風景が広がっていた。

（……ありえない）

エリカはよろめいて窓枠にしがみついた。図書館のあるゴルネシュティは、まがりなりにもエルデイ島の主都である。辺境の島ではあるが、総督府の置かれたゴルネシュティは、本国の威信をかけてマディール風に造り上げられている。石畳の道を最新のガス灯が照らす街並みが整備されているのだ。たしかに、少し離れれば畑や牧場が広がってはいるが、これほどの田園風景は、馬車で何時間も走らなければたどり着かないだろう。

「ど、どうして、こんな……」

「そりゃあ、君が魔法にかけられたからさ」

さらりと言うミルチャの言葉に、エリカは記憶がじわじわと蘇ってくるのがわかった。

「……まほう、魔法って……あの、オルネア手稿の」

「そうだよ。あの種の魔法の呪いは図書館では手の施しようがなかったから、こちらに来てもらったんだよ」

「ちょ、ちょ、ちょっと待って」

エリカはミルチャの言葉を遮《さえぎ》った。

「のろいって、私に？　魔法なんてあるわけが」

「だからさぁ、何度も言ってるけど、ここはエルデイ島なわけ。エルデイ島では竜の身体から噴き出す魔法があって、特定の条件を満たすとその魔法が使えるの。以上」

「以上、って、そんなこと言われて、はいそうですかと納得できるわけが」

「本国の人間は飲み込みが悪いなあ。ほら」

ミルチャはそう言うと、どこからともなく手鏡を取り出して、エリカの前に差し出した。

鏡には、エリカの顔が映っていた。起き抜けなので、髪は乱れているし、まぶたも腫《は》れぼったい。だが、そんなことよりもエリカの目を引いたのは、左右の耳の少し上のあたりから斜めに突き出ている『何か』だった。

「こ、これは……」

エリカはおそるおそる手を伸ばしてそれに触れた。硬い。枯れ木のような手触りだった。十五センチほどの長さの、細長い巻き貝のような形をしたそれは、あろうことか、頭にくっついていた。もう少し違う表現をするならば、生えている、という感じであろうか。

「何なんですか、これ！　取ってください！」

「それねえ、竜の角なんだよ。取れないんだ。魔法がかかっているから」

ミルチャはあっさりと言った。

「魔法だから、じゃないでしょう！」

「そうは言うけど、わたしが解呪するって言ったのに、きみが不用意に本に触ったのも原因だよ。これでも随分苦労して、そこまでに抑えたんだよ」

「な、な、な……！」

エリカは言い返そうとしたが、あまりのことに目の前がくらくらしてよろめいてしまう。

「ああ、ほらほら、あんまり興奮するから」

ミルチャは、思いの外《ほか》たくましい腕でエリカを支えると、例の寝台の上に座らせてくれた。寝台のヘッドボードに寄りかかると、エリカは深呼吸を繰り返した。

(待って、これは本当に現実なの？)

もう一度、耳の上のあたりに触れてみる。やはり、角らしきものは現実にあった。

思わず呻《うめ》き声が漏れた。竜の角なるものが存在するのは間違いない事実のようだ。

「……つまり、本当に魔法はあるってことなのね」

「やっと納得してくれたね」

「納得してません。認めざるをえないだけです！」

なんということだろう。こんな変なものがくっついてしまったなんて、いったい周りになんと説明すればいいのか……。

「まあまあ、そんなに落ち込まなくても。今のところ命に別状はないし」

「命に別状がなくても日常生活には支障があります！」

「え、そう？　まあ、髪の毛を洗うときは邪魔かもしれないけど、それ以外に問題あるかな」

「大ありです。こんな目立つところに訳がわからないものを生やしてる人間がどこにいるんですか！」

「見ようによっては可愛いよ。ヘッドピース？　ヘアアクセサリー？　みたいな？」

「可愛いとか可愛くないとかじゃないですよ！　これでは街に戻れないわ！」

こんな頭では図書館で働き続けられるかどうかもわからない。自立も、夢の年金生活も水の泡になってしまうではないか。

「たしかに、人の多いところでは働きづらいかな。なんだったら、ここに住むかい？　面倒を見るよ。わたしの責任でもあるしね」

「そういう問題じゃありませんッ！　こんなところであなたと暮らすなんて、人に知れたらそれこそ」

「あ、そうだよね。じゃあ、結婚しよう。それならわたしと一緒に暮らしても問題ないよ」

ミルチャはあっさりと言った。結婚。よりによって、この訳のわからない男と結婚。

「何を言ってるんですか、あなたは！」

どうしてこの男はあさっての方向に話を持っていくのか。

「田舎暮らしも悪くないよ。きみものんびりとここでの生活を楽しむのはどう？」

「ふざけないでよッ」

エリカは手元にあった枕を怒りにまかせてミルチャに投げつけた。顔面にまともに枕を受けたミルチャは、眼鏡を吹き飛ばされて、うげっ、と呻いた。

「訳のわからないことを言ってないで、さっさとなんとかしてください！」

「……呪いだから、戻すのは難しいんだよ」

「私だってこのままでは困ります。当たり前ですけど私は魔法は使えません。あなたが治してくれなければ、どうしようもないんです」

「……まあね。それはそうだよね」

ミルチャは部屋の隅に飛んでいった眼鏡をちらりと見てから、深くため息をついた。手近にあった椅子を引き寄せると、そこに座る。

「……まず、こういう事態に巻き込んだことは謝っておくよ。わたしに会わなければきみもこんなことにはならなかっただろうからね」

ミルチャは素直に頭を下げた。伸び放題のくせにさらさらと綺麗な銀色の髪が揺れた。

「改めて自己紹介をしておこう。名前はもう伝えたよね。わたしはミルチャ・アントネスク。エルデイ島の魔法使いだ。まあ、最近はほとんど休業中だけど」

そう言いながら部屋の中を見渡して、彼は苦笑した。

「あの本は一体何なんですか。そもそも、あの本には何が書いてあるんですか」

エリカが問うと、ミルチャは深い碧《あお》の目を細めた。

「あの本に書いてあるのは、生命の秘密だよ。やり方によっては、生命を作り替えさえする、禁断の魔法さ」

「……生命を、つくりかえる……？」

「そう、きみにその角が生えたのも、オルネア手稿の中に書いてある魔法の応用だろうね」

エリカはぞっとしてミルチャを見返した。

「……だから、戻すのは難しいと？」

「簡単ではないよ。この魔法は言ってみれば料理みたいなものだ。ジャガイモのポタージュで考えてみよう。ゆでたジャガイモと、刻んだタマネギをミルクでコトコト煮て、塩とこしょうで味を調えておいしいポタージュのできあがり。さて、このできあがったジャガイモポタージュから、ミルクだけを取り出すことはできるかい？」

「……とても、難しいわ」

「そういうことさ。きみの中にはいま竜の要素が入り込んでいる。それを取り出すのは難しい」

二人の間に沈黙が降りた。

（では、もう私はこのまま生きていくしかないの？）

エリカは、我が身に降りかかったことを思って唇をかんだ。

(こんなところに隠れて、人目につかないようにして。せっかく、自分で生きていける道も見つかりかけたのに。このまま、この変な人の厄介になって生きるっていうの?)

「そんなの、いやよ」

エリカは憤然として言った。

「何か方法があるはずだわ。元に戻る方法が」

エリカの言葉に、ミルチャは少しだけ面白そうに視線を上げた。

「例のオルネア手稿になにかヒントがあるはずよ」

「そうだね。オルネア手稿があればなんとかなる」

「じゃあ、オルネア手稿を……」

「手元にないんだ」

「……え? だって、図書館に……」

「あれは、偽物《にせもの》なんだよ」

「偽物、ですって? イプシランティ第三の書も写本だというし、これでは、図書館の威信が……」

「図書館が悪いわけじゃない。オルネア手稿を手に入れた人物が置いておいたダミーだ」

ミルチャは淡々と言った。エリカは、目の前にいる、美しいが得体の知れない人物を改めて見つめた。

「あなたは、図書館にあるオルネア手稿が偽物だと知っていて、図書館に来たんですね？」

「……うん」

「館長の許可を得てたっていうのは本当なんですか？」

「えーと……」

「鍵も持っていましたね。あれは何？　魔法とやらで手に入れたんですか？」

ミルチャは、目をそらして髪の毛をくるくると指に巻き始めた。非常にわかりやすい。まるで子供のようである。

「あなたは、何のために偽物のオルネア手稿を手に入れようとしたんですか？　図書館に来た本当の目的は何？」

エリカは答えようとしないミルチャにもう一度言った。

「私には知る権利があると思うけれど。そもそもあなたが図書館に来なければこういうことにはならなかったんですから」

「……」

ミルチャはふうっとため息をついた。

「人を捜してる。そいつは図書館にあったオルネア手稿を盗んだ。そして盗んだことがバレないように、ダミーを図書館に置いたんだ。触った人に呪いがかかるようなおまけもつけてね」

「それで、私はこんな目に遭ってしまったっていうの!?」

「そういうことになるね」

こめかみのあたりが脈打つのが感じられた。この世のどこかにいるという泥棒の悪戯《いたずら》で、エリカはこんな訳のわからない状況に陥《おちい》ることになったのだ。ふざけるのも大概《たいがい》にしてほしいものである。

「……その、泥棒がどこにいるか、目星はついてるんですか」

「うーん。まあ、なんとなく、かなあ……」

そんな頼りないことでいいのか。

「でも、わたしの責任でもあるからね、きみのことはわたしがなんとかするよ。大船に乗ったつもりで安心して」

(大船。泥船の間違いじゃないの)

エリカは目の前のへらへらした男を見据えた。あまりにも、今の状況は、意味不明すぎる。正直言って、エリカの手に余る事態だ。

とはいえ、自分の運命を、他者に全てゆだねていいのか。この、出会ったばかりの得体の知れない男に。

（……以前のように……）

アドリアンとの婚約を、疑いなく受け入れていた頃のように。

（……いいえ）

「わかりました。そいつをとっ捕まえましょう」

エリカの言葉に、ミルチャは目を丸くした。

「いや、でもきみは」

「あなたは泥棒を捕まえたい。わたしはその泥棒の持っているオルネア手稿で元に戻りたい。利害は一致します。違いますか」

「まあ、そうだけど、でも相手は……」

「どんな輩《やから》か知りませんが、あなたがその泥棒を捕まえるのをこの田舎で待っていろと？それは遠慮したいですね」

エリカはミルチャをひたと見据えた。

「誰かに私の運命をゆだねるような愚かなことはもうしたくありません。魔法だろうが呪いだろうが知ったものですか！」

エリカがそう言い切ると、ミルチャは最初ぽかんとしていたが、ふいに笑いだした。

「いやあ、きみ、本当に素敵だねえ。なんだか久しぶりに生き返った気分だよ」

目に涙まで浮かべて、ミルチャは笑い続けた。

「ねえ、本当にわたしと結婚しないかい？」

「どうしてそうなるんですか。するわけないでしょう！」

「残念だな」

ミルチャはそう言うと、笑いを納めてエリカに手をさしのべた。

「では、エリカ。共に足を踏み入れよう。竜の背の国の、魔法の淵へ……」

第二章

舞踏会の元婚約者

「ミルチャ、どこにいるんですか、ミルチャ！」

エリカは屋敷の外に出ると、声を張り上げた。

春の初めのエルデイ島は、曇りや小雨のそぼ降る日が多いが、今日は見事な晴天だった。見渡せば、石垣で区切られてはいるものの、地を覆《おお》う草の緑が果てしなく続き、白いもこもこした毛に身を包んだ羊たちが所々で草を食《は》んでいる。しかしながら、ミルチャの姿は見当たらなかった。

エリカがミルチャの屋敷に居候《いそうろう》しはじめて一週間が過ぎた。

ミルチャの屋敷は、エルデイ島の主都、ゴルネシュティから二十キロほど西の田園地帯にあるらしい。意識がなかったので、いったいどうやって図書館からここまで運ばれてきたのかはさっぱりわからない。

自分の身に起きたことを理解したエリカは、図書館にはしばらくの休暇の届けを、借家の使用人には、留守を頼む旨《むね》を手紙で伝えた。正式採用を夢見るエリカとしては、こんなところで休暇など取りたくはないのであるが……。

といって、ミルチャの家ですることも特にない。このまま厄介になるわけにはいかないと、エリカは家事を担当すると主張した。そこで、ミルチャの屋敷の掃除から始めている。

ミルチャの屋敷は空き家を改装したもので、それなりの広さもあれば、空き部屋もあるので、エリカが共に住んでも問題はなかった。近くに民家はないものの、定期的に配達人が訪れて、必要なものを届けてくれるので、生活するにも困らない。

とはいえ、どうやってお金を得ているのか謎なので聞いてみると、「投資」との答えが返ってきた。蒸気機関車がマディール王国で実用化され、各地に鉄道網が作られ始めたとき、鉄道会社の株を大量に買ったのだという。うまい時期に売れたので、今のところ食べるに困らない、とは本人の弁である。しかしながら、鉄道が敷設《ふせつ》され始めたのはエリカが生まれた頃ぐらいであるから、いまいち信憑性《しんぴょうせい》に乏《とぼ》しい。どう見ても、彼は三十歳以下にしか見えないからだ。

そもそもミルチャは何者なのか。本人曰《いわ》く魔法使いというが、そのそぶりを彼は見せないし、今のところただの怠《なま》け者にしか見えない。彼は非常に怠惰《たいだ》である。日のあるうちは昼寝ばかりをしていて、本格的な活動は夕方から、ごそごそと部屋に籠《こ》もって何かを始めるという状況で、効率が悪く見えて仕方がない。

そんな生活をしているせいなのか、ミルチャの家の散らかりようはかなりのものだ。一応最低限のゴミ捨てや料理はしているようだが、基本的にものはめちゃくちゃに置かれていて、空いた隙間《すきま》で活動しているという感じである。

そういう状況なので、ミルチャに了承を得ながら、いらないものをとにかく家から出して、敷地内の焼却場でひたすら燃やすというのを繰り返しているエリカである。

（……一年前には考えられない生活よね……）

エステルハージ家の令嬢として暮らしていたときは、身の回りの全ては使用人たちがこなしていたし、それを疑問に思うこともなかった。けれど、エルデイ島に来て一年の間に起こった多くの出来事が、エリカに生活力なるものをつけさせていた。

羊のいる草地を歩きながら、エリカは家出したばかりのときのことを思い出してしまう。

家出をしたエリカは、行く当てもなくエルデイ島の街をさまよっていた。そこに、親切そうなマディール人の親子が現れ、エリカに声をかけたのである。植民地とはいえ、異郷には違いない。同胞が声をかけてくれれば味方に見えるのは当然のことだ。心細い思いをしていたエリカはその親子に、適度に脚色を加えながら、婚約者が駆け落ちしたことを告げた。同情してくれた親子は、エリカに一夜の宿を貸してくれたのであったが、それが間違いのもとだった。エリカは、身につけていた金品のほぼ全てを盗まれてしまったのである……。

（……本当に、あの頃の私ときたら、おめでたいったらないわ）

エリカは頭を振った。もう過ぎたことだ。嫌なことを思い返しても仕方がない。

しかし、現実に目を向けると、さらに訳のわからない状況に陥《おちい》っている。

（……あんな、得体のしれない人に、命運を託さないといけないなんて……！）

しかも、話のついでに結婚しようなどと言ってきたではないか。初対面の女性に言う台詞《せりふ》ではない。まったくふざけている。

しかし、そろそろ結果を出してもらう時期である。オルネア手稿《しゅこう》はどこにあるのか。

「ミルチャ、どこにいるんですか！」

エリカは周囲を捜し回った。結局、見つかったのは、石垣の近くのニレの木陰だった。

ミルチャは昼寝をしていた。眼鏡を外してすこすこと気持ちよさそうに寝息をたてている。その姿は、彫像のように美しかった。普段は変な眼鏡をかけている変人にしか見えないのに、無防備な姿は天使のようだ。それが今のエリカには無性に腹立たしかった。

「ミルチャ！　こんなところでなにをのんびり昼寝してるの！」

エリカが呼びかけると、ミルチャはふにゃ、と声を上げて、目を開けた。大きなあくびをすると、にっこりと笑みを浮かべる。

「やあ、エリカ。きみも一緒に昼寝するかい」

不覚にも、美しい笑顔に一瞬見とれそうになる。エリカは思いを打ち消すように言った。

「こんなに天気がいいのに、お昼寝するなんてもったいないわ」

「天気がいいから昼寝するんじゃないか。エルデイ島は曇りが多いから、外で昼寝するチャンスはなかなかないんだよ」

ミルチャは頭の上に置いてある眼鏡を手で探り出して鼻の上にのせた。眼鏡のレンズは分厚くはあるが、度はさほど入っていないようだ。

「それにしたって、あなたの家は、散らかっているにもほどがあります。ミルチャ、あなたこれまでどうやって暮らしていたの」

「ものが増えてどうしようもなくなったら、そのまま引っ越しちゃうんだよね。だから三年おきぐらいに片付くんだよ」

「それは片付くとは言いません！」

エリカはあきれた声を上げた。ミルチャは大きなあくびをしながら言った。

「それにしても、いつの間にか敬称略になってしまったね。まあ、わたしとしては親密度が増したようで嬉しいけれど」

よっこいしょ、と声に出してミルチャは半身を起こした。

「それにしてもエリカ、きみはどうして家事ができるんだい。エステルハージ家のご令嬢にメイドの代わりがつとまるとは思わなかったけれど」

一緒に生活することになって、一応エリカは自分の身の上を説明していた。簡単に、エステルハージ本家の娘である、というぐらいであるが。

「……いろいろあったんです」

「一年前に家を飛び出てからかい」

「調べたんですか？」

「一通りのところはね。でも調べるまでもなく、名家の令嬢が、メイドのように家の中のことができるっていうのは、誰でも不思議に思うんじゃないかな」

身分の高い人間は、働かないのがよしとされる世の中である。本来ならば、エリカが家事をするなど、とんでもないことであった。

エリカは黙り込んだ。

家事全般がこなせるようになったのは、それなりの理由がある。

身ぐるみ剝《は》がされたエリカを拾ったのは、今度はエルデイ島の裕福な未亡人、エリアーデと名乗る女性だった。おそらく三十歳前であろう彼女は、大変な美人であった。とはいえ、お嬢様であるエリカに仕事が出来ると思われていたわけではなく、どちらかというと、面白がって雇われたのである。植民地のエルデイ人が、困窮《こんきゅう》した宗主国の令嬢を下働きとして雇うという、一種の嗜虐《しぎゃく》趣味と言ってもよいであろう。未亡人は、使用人をことごとくマディール人でそろえていた。幸い、同僚のマディール人のおばさんは親切であり、なんとか仕事は覚えることができた。家事がこなせるようになってしまったのはこのときの経験のおかげである。ではあるが、下働きの現場は過酷だった。

夫人は言ったものだ。出ていけるならいつ出ていってもいいわ。ただし、違約金を払ってくれたらだけれど。そう、身ぐるみ剝がされたエリカは、雇われるときに、よくわからずに、夫人と年季奉公の契約を交わしていたのだ。そのままでは、七年の間、奉公人として勤めなければならないのである。

エリカはため息をついた。まさに暗黒の歴史と言うべきものだろう。エリアーデ夫人のもとから離れるために、エリカはさらなる賭けに出なければならなかった。

「……私は、自分がエステルハージという名を持たない、ただの人間となったとき、何もできないことに気づいたんです。だから、なんとかしようと思った、その結果です」

「素晴らしい」

ミルチャはエリカに賛辞を捧《ささ》げてきた。

「きみと同じ身分でそれに気づける女性はまずいない。本当に素晴らしいよ」

エリカは肩をすくめて、ミルチャの言葉を聞き流した。

「そんなことはいいんです。それより、私は早く戻りたいの。オルネア手稿はどこにあるかわかったの?」

ミルチャはエリカの耳の上あたりに生えている竜の角を眼鏡越しに眺めてきた。じっと見てくるので居心地が悪くなるくらいである。ミルチャはしばらくしてから答えた。

「うん、まあね。あのダミー本は、言ってみれば警報なんだよ。誰かが触ったら、持ち主にそのことを知らせる機能がある。呪いはおまけだけど」

「おまけでこんな目に遭《あ》うなんて心外だわ」

憤然としてエリカは言った。

「で、まあ、大魔法使いであるわたしは、その魔法の流れをたどったから、オルネア手稿の在処《ありか》も、なんとなーくわかってはいる」

そんなおおざっぱなことでいいのだろうか……。エリカはため息をついた。

「大魔法使い、ねえ……。こんなものが頭にくっついてしまったから、信じざるを得ないけれど、どんなふうに魔法を使うの？　そもそもエルデイ人はみんな魔法が使えるの？」

エリカが半信半疑で尋《たず》ねると、ミルチャは唇に笑みを浮かべた。

「実演してみようか？」

エリカはうなずいた。いったいどういったものなのだろう。実際に見るのは初めてだ。

ミルチャは両手を軽く合わせながら指を動かした。それから口の中で何かつぶやく。歌うような響きのある言葉は、エリカの知らない言語だった。すると、目の前で小さな火花がぱちぱちと閃《ひらめ》いた。それは細かな光の粒がはぜているようだった。驚いていると、さらになにかつぶやいた。周囲の空気がさっと冷えたかと思うと、空からちらちらと白いものが落ちてきた。それは雪だった。春先だというのに、雪が舞う中で火花が散る。その美しさに、エリカは目を輝かせた。

「まあ……綺麗ね」

エリカの言葉に、ミルチャはにっこりした。やがて火花は消え去り、雪は風に乗って舞い散っていった。

「魔法っていうのは、いくつか種類があるけれど、一番メジャーなのはこんな感じのやつだ。掌相《しょうそう》と詠唱を組み合わせて、現状に変化を起こす」

「しょうそう？」

「掌《てのひら》を組み合わせた動きだね。それから詠唱はいわゆる呪文ってやつだ。前も話したけど、この島の魔法の源泉は竜だ。眠れる竜の力を借りるために語りかけ、届ける手段、それが掌相と詠唱だよ。どちらか片方ではダメで、必ずセットだ」

「……一応法則があるのね」

「無秩序に何でも出来るわけじゃないよ。今のは、空気中にある塵《ちり》を加熱して火花を起こし、その一方で、水蒸気を冷やして雪にしたわけだ」

「私もできるのかしら」

「ま、普通は無理。魔法を使えるのは、エルデイ人でも竜の卵から生まれた人間の子孫だけさ」

「……つまらないわね……」

「魔法の源は、この島の本体、竜の身体だからね。でも、今のきみは特別かな。竜の魔法がかかっているから、条件がそろえば使えるよ。すごいね、エルデイ人だって誰にでも使えるわけでもないのに」

　ミルチャは語る。

　魔法を使えるのは、先に述べたように竜の卵の子孫だけで、完全に生まれつきの才能が必要らしい。魔法を使うには身体の中にある見えない魔力の泉が必要で、この泉のサイズで使える魔法が決まってくるのだという。魔力の泉の容量は、生まれつき決まっている。コップサイズの魔力の泉だったら、ほぼ魔法は使えないと言っていいし、バケツサイズの泉だったら、それなりの魔法が使える。そして、ミルチャ曰く、当人は大魔法使いなので、文字通り、汲《く》めども尽きぬ魔法の泉があるらしい。

「……才能は人格に宿るわけではないのね」

　えっへん、と胸を張るミルチャに、エリカはぽそりとつぶやいた。

「あ、でも、その竜が魔法の源だとしたら、島の外に出たらどうなるのかしら」

「そりゃ当然使えないよ。魔法はエルデイ島だけで使えるんだ。きみの故郷のマディール王国に行ったら、わたしは廃業だよ」

「今でもまったく仕事してないじゃないですか」

「そんなことないよ。きみを治すために一生懸命頑張っているよ」

エリカは胡乱《うろん》な気持ちでミルチャを見た。

「ミルチャ、あなた、オルネア手稿を盗んだ人物を追っているとおっしゃってたわね。どうして追っているの。そもそもあなたはどうしてオルネア手稿を手に入れたいの」

「質問が多いね。いいだろう、答えるよ」

ミルチャは真面目《まじめ》な表情になった。

「まずエルデイ島には四冊の魔導書《グリモワール》がある。エルデイ島の魔法の全てを記したと言われる禁断の書物だ。二冊は散逸《さんいつ》してしまい行方が知れない。残りの二冊は王立図書館に保管されていて、オルネア手稿と、イプシランティ第三の書がそれに当たる」

ミルチャは少し難しい顔になった。

「四つの魔導書は、それ自体が魔器具であり、膨大な魔力のプールでもある。内容もさることながら、竜の子孫ならば魔導書を手にするだけで、並み以上の魔法使いの魔法が使えるようになる」

「そんなにすごいものなの？」

「そりゃそうだよ。とはいえ、以前も話したようにイプシランティ第三の書は写本だし、オルネア手稿は図書館から盗まれてダミーが置かれていたから、本当は図書館に魔導書は一冊もない状態なわけだけど」

「ミルチャ、あなたどうしてイプシランティ第三の書が写本だと知っているの？」

「さっきも言ったけど、本当の魔導書ならば、プールされた魔力が込められているはずだ。だが、きみが写していた本にはそれがなかった。あとね、オルネア手稿の原本は、もともとわたしの所有していたものなんだ」

「ミルチャが？　どうして？」

「昔、譲り受けたんだ」

「でも結局、王立図書館に預けたの？」

「うん……。いろいろあって、知り合いだった以前の館長に保管を頼んだんだ。わたし個人が所有するよりも安全だろうと思ってね。整理するの苦手だし」

「……確かに、あのぐちゃぐちゃの中に伝説の魔導書を置いておくのは、歴史に対する冒《ぼう》瀆《とく》という気はするわね……」

「だろう？　それに、図書館職員は、基本的に、宗主国のマディール人しかなれない。彼らにとってみれば、オルネア手稿はただの古本だ。もちろん稀覯本《きこうぼん》としての価値はあるだろうけど。マディール人しか手に取れない場所にしまい込んであるのは、ある意味とてつもなく安心だ」

なるほど、とエリカは思った。マディール王国および、その自治領、植民地の公職につけるのは基本的にマディール国教徒だけだ。同僚のトーネとても、エルデイ島に祖父の代から住んでいるというマディール人である。宗教制限法という法律があるのだ。そうなると、ブルガータ教という土着の宗教に人口のほとんどが帰依《きえ》しているエルデイ人は、公職には就《つ》けないことになる。それではマディール国教会に宗旨替えすればよいではないか、ということになるが、それがなかなか難しい。マディール国教徒になるには、マディール王国の国籍が必要である。エルデイ人がこの国籍を取るのは、事実上マディール人と結婚するしかない。エルデイ人のまま宗旨替えすると、マディール国教会の下部組織に当たるエルデイ国教会に属することになる。エルデイ国教徒では、重要機関に当たる王立図書館に勤務することはできず、つまり図書館の特別書架にあればエルデイ人には手が届かないのだ。

「オルネア手稿には何が書いてあるの」

「オルネア手稿はほかの四冊の魔導書と比べても少し内容が変わっているんだ」

「変わってる……？」

「うん。四冊の魔導書が作られた一番の目的は、エルデイ島を守ることだ」

「守る、というと」

「大洋に浮かぶこの島はとてもちっぽけだ。だから、大陸から来る人間たちは、わたしたちエルデイ島の者にとって恐ろしい存在だ。それで、少しでも彼らに対抗できるように、昔々、とある魔法使いたちが作り上げたんだ」

「というと、マディール人を追い払うような魔法が載《の》っているの？」

「別にマディール人に限らないけど、そんなところかな」

「追い払う……。戦争になったときに勝つということ？」

エリカの言葉に、ミルチャは曖昧《あいまい》な笑みを浮かべた。

「オルネア手稿には、生命とは何なのかという秘密、そしてその応用方法について詳しく書かれている。それから、生命の使役《しえき》方法だ。使い魔とかの作り方とかだね。だから、直接的な攻撃の魔法は載っていないんだ」

「生命の秘密が、大陸の人間を追い払うのに役立つの？」

「昔々の魔法使いはそう考えたんだろう。わたしに言わせれば、使い方しだいだね」

「でも、もともとはあなたがオルネア手稿を持っていたなら、内容もわかっているでしょう？　私を戻すこともできるのではないの？」

「……そりゃ、元の持ち主ではあるけれど、本の内容を丸暗記してるわけじゃない。重要な魔法のいくつかは写してあるけど、きみにかけられた竜化の魔法みたいな非人道的なものを使えたところでどうしようもないからね。

魔道書っていうのは魔法のレシピ集みたいなものだ。だいたいこういう魔法がある、っていうのは目を通しているからわかるけど、一つ一つのやり方を覚えてるわけじゃない。きみだって、家事を覚える過程で料理のレシピ本の一つも目を通しただろうけど、手元になくて料理を作れるかと言ったら、作れないだろう」

「まあ、確かに……」

なかなか理にかなった説明ではある。

「だから今、きみの身体を戻すために、昔のメモや研究を掘り起こしているよ。オルネア手稿そのものが手元にあればすぐ戻せるはず。だけど、いつ見つかるかわからないし、きみについては早く治した方がいいからね。ただねえ、ある魔器具があった方が確実で、それを取りに行かないといけないんだ」

「……どこにあるの？」

「それがちょっとばかり面倒でね。さすがのわたしも忍び込むのが難しい所だ。それこそ、きみの助けが必要かもしれない」

それはどういうことなのか。エリカは首を傾《かし》げた。ミルチャは言った。

「ゴルネシュティ城さ」

「総督府に!?」

エリカは驚きの声を上げた。

総督府とは、その名の通り、マディール本国から派遣された総督のいる官庁で、立法、行政、司法の全てを統括《とうかつ》する機関である。総督は植民地における最高指揮官といえ、かなりの権限を有するのだ。

エルデイ島の要《かなめ》とも言える城であるから、そう簡単に足を踏み入れられる場所ではない。いかに、魔法の使えるミルチャとしても。

「どうして、そんなところに……」

「ゴルネシュティ城は、今は総督府が置かれているが、マディールに併合される前は、エルデイ島の聖地でもあったんだよ。エルデイ島の宝のいくつかは今でもあるはずなんだけれど」

アドリアンの父、フロリアン・ヴァーシャリのいる総督府に行かなければいけないのだろうか。ヴァーシャリ総督とは顔なじみであるが、こんな頭で会えるわけもなく……。

「なんとかするしかないわね……。それにしても、オルネア手稿はどうやって盗まれたのかしら。それに、あなたはどうして盗まれたとわかったの？」

「どう盗んだかはわたしにも謎だな。わたしが図書館の書庫に入り込めたのは、以前の館長に、いざというときに入り込めるように鍵を預かっていたからだ。マディール人以外がどうやってあそこに入り込んだのかはわからない。盗まれたとわかったのは、オルネア手稿に書かれた魔術が使われたからだ。その形跡をわたしは感知した。オルネア手稿に書かれた魔法は、生命に対する秘密だ。おいそれと使っていいものじゃないんだ」

「……生命……」

「無から生命を生み出すような秘密さ。きみに、竜の角が生えたように」

「……だから、悪用されないように取り戻そうとしているってこと？」

「簡単に言うと、そういうことかな」

「……オルネア手稿を譲ってくれたっていうお知り合いの方には、謝った方がいいですよ」

エリカが何げなく言うと、ミルチャはふいにさみしげな表情になってぽろりと言った。

「それができたら、いいんだけどね。もう、あいつは亡くなってしまったから」

エリカは思わず黙り込んだ。ミルチャは大体においてつかみどころのない人間であるが、その瞬間だけは切実な思いが伝わってくるような気がしたのだ。

（……悪いことを言ってしまったかしら……）

エリカがそんなことを考えていると、ふとミルチャは顔を上げた。

つられて見上げると、風に紛《まぎ》れて、上空に黒いコウモリのような影が舞っている。

「……幻獣か」

ミルチャはひとりごちた。

「……幻獣？　コウモリではなくて？」

「いや。あれだけじゃない。ここにも」

ミルチャが指さした先は、羊が草を食んでいる牧草地で、しかし、羊がいない箇所に黒い影のようなものが見えた。言われなければ、ただの雲の影だと思ったかもしれない。しかし、よく見るとそれはずるずると動いてこちらに近づいているようだった。

何なのかとミルチャを見ると、彼は眼鏡の下で目を細めていた。

「きみに惹《ひ》かれて来ているんだ。きみが宿した竜の気配に集まってきている」

「……私に？」

「厄介な呪いだね。エルデイ島にいる全ての幻獣や妖精は、その力の源である竜に本能的に引き寄せられるんだ。そして最後は……」

ミルチャはそこまで言って口をつぐんだ。

（……最後は、なんだっていうの？）

エリカは少しばかり不安になってミルチャを見返した。すると、ミルチャはにっこりと笑った。

「大丈夫だよ、なんとかなるさ。そうだねえ、これを持っておいで。お守りになるはずだ」

そう言ってミルチャは小指につけていた指輪を抜き取った。それは銀色の古い指輪で、半透明の碧《あお》色の石が埋め込まれている。それはエリカの左の薬指にぴったりと塡《は》まった。

「……この指につけるのは……」

「結婚指輪みたいでいいじゃないか。うん、ドキドキするなぁ」

「やっぱり外します」

「まあまあ。緊急事態だし、魔法使いの言うことは聞いたほうがいいよ」

エリカはしぶしぶとそれを受け入れた。この指に指輪をつけるのは、アドリアンにもらった婚約指輪以来だ。

「簡単な魔法を教えよう。さっきみたいに幻獣が来たら、指輪をつけた指を立てて、そのあとグーに握って、数字を言う。３・１４１５９２６５３５９。覚えてね」

その数字を聞いて、エリカは目を丸くした。

「それって、円周率じゃないの……？」

「詠唱はロヴァーシュ語っていう古いエルデイの言葉を使わないといけないんだけど、なかなか習得が難しい」

「あら、私、ロヴァーシュ語ならある程度読めるわ」

「読むのは、まぁ、慣れればできるんだよ。ロヴァーシュ語の難しいところは発音なんだ。独特の抑揚があって、それを間違えると違う意味になってしまう。今現在学べるとしたらブルガータ教の聖堂会ぐらいだろうが、それだって習得するのに何年もかかるだろうからねぇ……。一方、数字の概念はロヴァーシュ語もマディール語も共通だから、工夫すれば詠唱として使えるんだ」

「……理屈としては合ってるわね……」

エリカは指を立てる練習をしてみた。薬指だけを立てるのはなかなか難しいが、できなくもない。

「じゃあ、実践《じっせん》してみよう。上に飛んでいる幻獣たちに指輪を向けてやってみて」

エリカは言われた通りに薬指を立て、それから拳を握って、円周率を唱えた。すると、なにか劇的なことが起きたというわけでもないが、空を舞っていたコウモリもどきがふっと消えた。同じように、草地の影に向けてやってみても、同じ結果になった。

「……つまり、これが掌相と、詠唱ってこと？　私は魔法を使ったということかしら」

「そのとおり。さすがエリカだね」

しかし、派手さに欠けるのでいまいち実感がない。

「でも、円周率って確か無限に続くのよね？　あなたが教えてくれた数値は、途中までだけれど」

「そうだね。長く詠唱できればそれだけ術の完成度は高くなる。けどまあ、長すぎると詠唱に時間がかかるし、魔力もそれだけ使用することになる。要はバランスだ。小数点以下の十桁《じっけた》も唱えられれば十分な効果があるよ」

そのあとに、ミルチャはエリカの頭頂に触れてきた。

「何？」

「結界を張っておくよ。しょっちゅう幻獣が寄ってきたんじゃ、きみも落ち着かないだろう？」


ひどい馬車だわ、とエリカは思った。こんなにくっついて座らないといけないなんて。

ミルチャの所有する一頭立ての二輪馬車は、幌《ほろ》があるのはありがたいが、それ以外はおんぼろで、進む度《たび》に鉄の車輪のスプリングがぎしぎしときしんだ。座面も狭く、ミルチャとエリカが乗り込むと、それでいっぱい、身を寄せ合って座る感じになってしまう。

「やあ、いい天気だねえ。こういう日に馬車に乗るのは最高だよ」

のんびりミルチャが言うとおり、日差しはうららとあたたかく、進む道路の周囲の緑もまた鮮やかだった。街路樹としてブナの木が植えられているが、幹も枝葉も日差しを求めて曲がって伸びて、緑の葉が道路の上を覆う。まるで自然のトンネルのようだ。木漏《こも》れ日がきれいに落ちる緑の道は、ただ馬車で進むだけで森林浴をしている気分だった。

「確かに気持ちいいですが、もう少しスピードを上げてもいいんじゃないですか」

手綱《たづな》をつかんだミルチャは、東に向けてのんびりと馬車を走らせていて、そのスピードは人間が歩くより速いが、走るよりは遅いというペースである。

「まあまあ。せっかくだからのんびり行こうよ。ほら、今のきみなら見えるだろ。妖精たちが遊んでるよ」

ミルチャはそう言って、ぴろぴろと木々の葉陰に飛んでいる蝶を指さした。

「……蝶々に見えますけど」

「わかってないなあ。マディール人が妖精を見られるなんて、すごくレアなんだよ。普通は警戒しているからね」

言われるがままにミルチャが指さす方向に目を凝《こ》らすと、白い蝶々の周りに、透明な影が踊っているような気がした。なんどか瞬きすると、その影がふと人型をとった。小さな翅《はね》の生えたこびとが手を繋いでくるくると回りながら遊んでいる。

「……うそ。ほんとに……？」

「ようやく見えたね。彼らはあちこちにいるんだ。時々姿を現すから、挨拶《あいさつ》してあげると喜ぶよ」

ミルチャは半透明な妖精たちにひらひらと手を振った。

エリカは信じられない思いでそれらを見つめた。たしかに、先日ミルチャはコウモリや影を幻獣などと言っていたが、どうも信じる気にはなれずにいた。また、エルデイ島には妖精や幻獣がいるとは聞いていたが、それも民間伝承の類《たぐ》いだと思っていた。しかし、本当に……？

「ミルチャ、よく街のあちこちに、祠《ほこら》や、妖精横断中なんていう看板を見かけたりしたけれど、あれって本物なの……？」

「やだなあ、本物に決まってるじゃないか。どうして労力をかけて役に立たない看板を作らないといけないんだい？　人間と妖精が一緒に住むには大切なことなんだよ」

「……ほかのエルデイ人は、みんな見えるの？」

「見える人もいるし、見えない人もいる。でも、みんなその存在は感じているはずだよ。

わたしたちは互いに竜の子孫であり、よき隣人だからね」

「……私たちマディール人は、そんなこと全然知らないわ……」

「そりゃそうだよ、秘密だからね。とはいえ、言ったところで信じないだろうし、気がつかないのにわざわざ言う必要もないだろう？　エリカだってこんなことになるまで全然信じなかったわけだし？」

エリカはなんともいえない思いでその言葉を聞いた。この島は、マディール王国の人々が考えているよりもずっと謎に満ちているのではないか。

「あ、そうそう、わたしはきみに魔法のことをべらべら話しているけど、これは特別なんだ。マディール人には絶対内緒なんだ。エルデイ島の秘中の秘。そういうわけで、きみにはこのことをエルデイ人以外に話せないように魔法をかけてある。よろしく」

「いつの間に……」

エリカはあきれかえった。

「でも、これから行く屋敷の侍女と執事には事情を話さないと……」

「それはゆゆしき事態だ。よろしい、じゃ、その二人には話してよいことに魔法を変更しておくことにしよう。その二人にも他言無用の魔法をかけないとね」

ともあれ、ミルチャの屋敷からゴルネシュティまでは二十キロ、まだ何時間もかかかりそうだった。前回ミルチャの屋敷に来たときは意識がなかったが、いったいどうやって運び込まれたのだろう。エリカはなんとはなしに、薬指の指輪に触れた。

そう、二人は、エルデイ島の主都、ゴルネシュティに行くために馬車で進んでいた。

竜化の魔法を治すための道具を手に入れる。そのためにはゴルネシュティ城に忍び込まなければならないが、図書館に紛れ込むのとは訳が違う。そこでミルチャはエリカに聞いてきた。

「エリカ、ゴルネシュティ城に入り込めるようなツテはないかなあ」

「エルデイ島に来てからは、一般庶民として暮らしていますから。あなたこそ魔法でなんとかならないんですか」

「うーん……。まあ、いろいろ方法がなきにしもあらずだけど……。強行突破は不可能じゃないが、やりたくはないね。マディール王国相手に戦争する気はもうないよ」

なにやら物騒なことを言い出してくる。しかし、総督府に乗り込むというのはそれだけ大変だということだ。とはいえ、その魔器具を手に入れないことには、エリカはこのままなわけで……。

「そういえば……母からの手紙に、招待状が同封されていました」

「招待状？」

「ゴルネシュティ城で、舞踏会が開かれるんです。王妃陛下の誕生日のお祝いがあるので。私も、一応招待されているようで……」

「それだ！」

ミルチャは眼鏡をずり落としそうになりながらも手を打った。

「エリカがそれでゴルネシュティ城に行ってくれればいい。わたしはきみの付き添いになるよ。そうすれば合法的にゴルネシュティ城に忍び込める」

「……まあ、そうですけど……」

エリカは答えながらも心が沈むのを感じた。

（……きっとアドリアンもいるわよね……）

エルデイ島のフロリアン・ヴァーシャリ総督は、アドリアンの父である。アドリアンの駆け落ち騒動で、もっとも割を食ったのは、このヴァーシャリ総督だった。十年以上前から結ばれていた、エステルハージ家とヴァーシャリ家の婚姻の約束は、アドリアンのせいで破談になってしまった。

ヴァーシャリ家は、エルデイ島では副王とも呼ばれる総督の地位をほぼ世襲で引き継いでいる。マディール中央政府からは離れているが、家格の点ではエステルハージ家より落ちるが、名門であることは間違いない。

（でも、私が失踪したせいで、それどころではなくなったのよね）

アドリアンの駆け落ちを知ったエリカは、使用人たちにも何も告げず、宿から逃げ出した。……父は厳格な人間だった。エリカや兄のカーロイに対しても。エリカは、父が期待するエステルハージ家とヴァーシャリ家を結ぶという自分の役割はわかっていた。その役目を果たせなくなったということは、それがたとえアドリアンのせいであったとしても、父にとってエリカの価値がなくなったことを意味する。だからこそ、実家に帰ることに、エリカは意義を見いだせなかった。そして、なによりも嫌だったのは、自分だった。自分がエリカ・エステルハージであることが。何の疑問も抱かず、エステルハージ家の敷いたレールに乗り、アドリアンと結婚するのが当然と思っていたことが。相手が自分を拒否するなどと、想像することもなかった自分が。

エリカは父に手紙を書いた。

旅に出ます。捜さないでください。それから、これは私の事情なので、ヴァーシャリ家の皆さんを責めるようなことはしないで……。

手紙を読んだからなのか、それとも元からそのつもりはなかったのか、父はエリカを捜そうとしなかった。だが、ヴァーシャリ総督は、十カ月以上かけてエリカを捜し当てた。そして、エリカに謝罪と感謝を述べた。アドリアンの裏切りについて。それから、父への取りなしについて……。

のちに知ったことであるが、アドリアンが駆け落ちした後、父はエステルハージの家名に泥を塗られたと、激怒したらしい。議会でヴァーシャリ総督の更迭《こうてつ》を提案しかけたほどである。しかしながら、エリカとアドリアンの婚約解消はあくまで私的なものであったし、ヴァーシャリ総督本人に落ち度があったわけではない。また、ヴァーシャリ総督のエルデイ島統治はおおむね安定していて、マディール王国の食料庫として大いに評価されている。それに、わざわざ大陸を離れ、宗教も違えば生活習慣も違うど田舎の島の総督になりたいという貴族は多くない。そういうわけで、フロリアン・ヴァーシャリは、引き続きエルデイ島で総督の地位に就いている。また、エステルハージ家に、ヴァーシャリ家の所有する炭鉱の採掘権を譲ったことで、一応表向きには全て解決済み、ということになったようだ。

そういうわけで、ヴァーシャリ総督がエリカに気を遣《つか》う必要もないのであろうが、深く責任を感じていたらしく、何くれとなく世話を焼いてくれた。マディール王国に戻りたくないというエリカの望みを聞き、エステルハージ家の父母に連絡し、その状況を伝えたのだ。また、マディールに戻らないならばと、エルデイ島での生活の基盤を整えるように、住まいや家計についても援助を申し出てくれた。もっとも、エリカはそれを断った。エリカの所在を知ったマウレールとペトラと住むために、ある手段で手に入れたお金で、マデイール人の不在地主が所有するタウンハウスを借り、非常勤ではあるが、必死で探してなんとか王立図書館の職を得たのである。

(……結局、どうこう言っても、私はまだ独り立ちできているわけではないわ……)

エリカは忸怩《じくじ》たる思いにとらわれる。エステルハージ家のならいに従って生きていた一年前を思えば、随分と自立したとはいえるだろう。だが、屋敷の切り盛りはマウレールとペトラに頼っているし、今回の舞踏会も母がよこしてくれた招待状が頼りだ。仕事だけは自分で見つけたが、それとてもヴァーシャリ総督の息がかかっている可能性は否定できない。

ヴァーシャリ総督には感謝の念がある。だが、アドリアンには会わなかった。謝罪したいという彼の希望を、どうしても受け入れられなかったのだ。

アドリアンは、結局今もエルデイ島で父親の補佐をしているらしい。エルデイ島の総督はほぼ世襲である。ヴァーシャリ総督の息子はアドリアン一人であるから、いずれは彼が跡を継ぐはずだった。マディールでは名門のエステルハージ家でも、植民地の総督人事までは口を挟めない。

ゴルネシュティ城での舞踏会となれば、まず間違いなく総督の息子であるアドリアンはやってくるだろう。どんな顔をして会えばいいのか。

（……そういって私は逃げ回り続けるの？）

いったい、いつまで……？

エリカは顔を上げた。

「だとすれば、区切りをつけるいい機会なのかもしれないわ……ゴルネシュティ城に行くのは」

「よし、じゃあ、そうと決まれば準備しなくちゃ！」

とはいえ、問題はいくつもあった。まずはこの頭の角をどうするのか。とりあえず今は帽子をかぶっている。それに、そもそも、ミルチャが舞踏会など行って、まともに振る舞えるのか。

「大丈夫だよ、こう見えても、紳士として振る舞うのは得意なんだよね」

「図書館では、挙動不審な人にしか見えなかったですよ」

「立ち居振る舞いは、時と場所、場合に応じて変えてるからね」

「……。それに、その古くさいずるずるした服ではとても……」

「わたしとしては一張羅《いっちょうら》なんだが」

素顔は超絶美形なのに、センスが絶望的なので、残念感が半端ないのだった。

いずれにせよ、ミルチャの屋敷にいては事が進まないので、ゴルネシュティに戻ることにしたのである。

馬車はやがて緑のトンネルを抜けてゴルネシュティの街へと入っていった。比較的ゆとりのある敷地に家が並ぶ緑の街区を抜けると、ゴルネシュティの中心部へと出る。

ゴルネシュティはシレド川の河口に位置し、中央にマディール王国によるエルデイ島統治の象徴とも言えるゴルネシュティ城を構えている。エルデイ総督府を擁している関係もあり、エルデイ島の政治・経済・交通・文化の中心地といえた。

とはいえ、街自体はマディールの都市に比べればコンパクトで、建物も低めである。移動しやすく、住むには悪くない街だった。

ミルチャの馬車はゴルネシュティの大通りに出た。ガス灯が立ち並ぶ大通りはゴルネシュティのまさに目抜き通りで、道沿いには主《おも》な商店が並び、馬車と人が行き交う賑《にぎ》やかな場所だ。さらに進めば、ゴルネシュティ城にたどり着く。しかし、シャーンドル家別邸は、そこから少し離れた高級住宅街のこぢんまりとした屋敷だった。

エリカが屋敷の戸を叩くと、執事のマウレールが顔を出した。

「お嬢様……!?」

「ただいま、マウレール。一週間も留守にして悪かったわね」

「いえ、お手紙はいただいておりましたから。しかし、何があったのですか。おや、後ろの殿方は……？」

「あ、どうも。ミルチャ・アントネスクです」

「……アントネスクさんですか。エルデイ人ですな」

エルデイ風の名前を聞いて、マウレールは灰色の目に憂《うれ》いの色を浮かべた。

「いろいろ事情があるの」

「さようでしょうね。どうぞ、中にお入りください」

エリカとミルチャが屋敷に足を踏み入れると、奥の方からぱたぱたと走り寄ってくる足音が聞こえてきた。

「お嬢様っ！　一週間もどこに行ってらしたんですか!?　ペトラは心配で心配で」

侍女のペトラだった。エリカに近寄ったところで、はたとミルチャに気づく。

「なんですか、お嬢様、この怪しい方は」

「ペトラ、ミルチャに失礼でしょう……」

と言いつつ、まあ、ペトラがそう言うのも無理はなかろう、と思うエリカである。服装も怪しければ、妙な眼鏡をかけているから人相もよくわからずにこれまた怪しい。

「やあ、どうも。エリカ嬢をしばらくお借りしていた者です」

「借り……借りる!?　お嬢様になんてことを。さてはあなたはお嬢様の誘拐犯ね！」

「本人の意思を確認せずに連れていったっていう意味では誘拐なのかな」

「ミルチャ、誤解を招くようなことは言わないでください。ペトラも落ち着いて。これには事情があるの」

　エリカはそう言いながら帽子を取った。ペトラはエリカの頭を見て、目を見開いた。

「まあお嬢様……。可愛らしいヘッドドレスですけど……」

「装飾品ではないわ。これ、生えてしまっているの」

「またまた、ご冗談を」

「冗談ならいいのだけど。触ってみればいいわ」

　真面目な表情のエリカを見て、ペトラは手を伸ばした。おそるおそる触り、その存在を確認して、ぺちぺち叩き、その後に強く引っ張った。

「……お、おおおおおじょうさま、この巻き貝、くくくっついてますよ!!」

「巻き貝じゃないよ、竜の角だよ」

　ミルチャが口を挟んだ。ペトラはキッとミルチャをにらんだ。

「何わけのわからないことを言ってるの！　お嬢様が大変だっていうのに！」

「いやあ、だって事実だしねえ」

「あなた、お嬢様にいったい何をしたの、元に戻しなさい！」

ペトラが突進してくるので、ミルチャは後ずさった。

「いや、わたしがやったわけでは……」

ペトラに詰め寄られて、ミルチャは壁際《かべぎわ》に追い詰められたが、その拍子に眼鏡がずり下がった。涼しげな碧《あお》色の目元が見えて、ペトラははっと動きを止めた。

「……えっ……。あなた、眼鏡かけてないと……」

「見苦しい顔ですまないね」

ペトラの態度が変わったのを見て、ミルチャは決まり悪そうに眼鏡をかけ直した。

「とにかくね、ペトラ。詳細はきちんと話すけれど、ミルチャにはしばらくこちらにいてもらうわ。元に戻るためには、彼の力が必要なのよ」

エリカが住んでいる屋敷は、執事のマウレールと、侍女のペトラ、それに通いのメイド一人で切り盛りをしていて、彼らが居心地よく設《しつら》えてくれている。王立図書館に就職が決まり、最初は一人で暮らすつもりだったのだが、マウレールとペトラは、エリカのもとで働くと言ってくれたのだった。エリカが失踪していた約十カ月の間、二人は責任を感じてか、マディールに戻らずエルディイ島での捜索に加わっていたのだ。

エリカはマウレールとペトラに事情を話した。当然ながら魔法が存在するとは思っていない二人は驚きを隠せないようだったが、目の前に竜の角なるものが生えているエリカがいるのであるから、受け入れざるをえない。

「それでは、五日後の舞踏会に参加なさるのですか」

マウレールは注意深く尋ねてきた。言外に、アドリアンと顔を合わせるであろうことを心配しているのがわかる。

「仕方ないわ。私も心を決めました。いつまでも逃げ回っているわけにもいかないもの」

「しかし、その角はどうなさるのですか……」

「私がなんとかします！　うまくアレンジすれば、可愛くなりますよ」

ペトラが声を上げる。

「久しぶりの舞踏会ですから、お嬢様を磨き上げるのが楽しみです。こちらに来るときに持ってきた衣装が役に立ちますね」

「それならばよいのですが……本当にアントネスク氏と共に行かれるのですか、お嬢様」

「……それは、私も心配ですけど……」

「いえ、あの方、磨けば光りますよ！」

ペトラが拳を握った。

「あの古くさい衣装と、変な眼鏡と、ほったらかしの髪型を直せば、かなりイケます！」

「要するに、本体以外、全て取り換えるということですな」

「私、できたらやりたいんですけどっ！　ぴかぴかにしてみせます！」

「……ペトラがやる気を出してくれるのは嬉しいわ。でも……」

「……わかりました。では、私、マウレールがなんとかしましょう。人並みに目立たない感じで失礼のないように整えればよろしいのですね」

ミルチャはシャーンドル邸でもだらだらと過ごそうとしていたようなのだが、舞踏会の準備のためにマウレールに呼び出されて、それどころではなくなってしまった。

ミルチャの新しい衣装のために仕立屋が呼ばれると、服を新調するために採寸がされ、そのままマウレールの指導が始まった。歩き方からエスコートの仕方まで、ぴしぴし叩き込むのである。

「聞いてないよ。わたしはゴルネシュティ城に忍び込むだけで舞踏会に出るわけではないのに」

「貴殿の振る舞いがいい加減であれば、お嬢様にも累《るい》が及びます。しかも約一年ぶりの舞踏会参加ですから、粗相があれば人の噂に上る可能性もあります」

「わたしはきちんと振る舞えるよ」

「マディールの作法と、エルデイ島での作法は少し違うのです。今度の舞踏会は総督府でかなければ」

あるゴルネシュティ城で行われるのですから、完璧なマディール風をマスターしていただ

「きみ、執事だろ。なんで指南役なんてできるのさ」

「私がエステルハージ家で何年働いていたと思っているのですか。あの豪邸であらゆる客人をもてなし、見てきたからこそ、ふさわしい振る舞いと、そうでないものは自《おの》ずとわかるのです。今のままではあなたは合格とは言えません。そうそう、新調する服の代金はあなたに請求するよう仕立屋に伝えておきましたよ」

「うへえ」

もはや客扱いしていないミルチャには、マウレールも容赦がないのだった。

一方エリカは舞踏会に行く準備をペトラとしなければならなかった。久しぶりに侍女としての仕事ができると、ペトラは大喜びである。

「こちらに来るときに、沢山の衣装を用意したのに、お嬢様ったら地味な服ばかりで、私つまらなかったんです」

「図書館で働くのに、ドレスなんて必要ないもの」

「そうかもしれませんけど……。まあ、お嬢様、ドレスがこんなに緩くなって……。少し詰めなくちゃいけないですね」

ペトラの出してきたミモザ色のドレスは、言われる通り少し緩くなっていた。

「お手もこんなにがさがさになってしまわれて……。お嬢様がこんな苦労をしなければならないなんて、私、悔しいです」

「悔しいことなんてないわよ。働くのは当然のことだわ」

「お嬢様……」

エリカはペトラと一緒にいかにして角を隠すか、髪型の研究に取りかからなければならなかった。あれこれ試したあげく、巻き髪を垂らし、角のあたりを花で飾ることで、ヘッドピースの一部のように見せることに成功した。舞踏会はこれで大丈夫だろう。ただし、昼間からこのような花飾りをつけるわけにはいかないので、帽子は取れない。やはり図書館にはしばらく行けそうもないのだった。


その後も、舞踏会への準備は進められた。ペトラがドレスを直している間、エリカは中庭の隅で母に舞踏会に参加することを告げる手紙を書いていた。父に手紙を書いてもおそらく読んではくれないだろうから、母からそれとなく近況を伝えてもらうようにはしていた。不思議なことに、今回の角のことや、オルネア手稿について書こうとしたとたんに、手が動かなくなった。これが、ミルチャの言っていた、他言無用の魔法なのかもしれない。

そういうわけで、魔法については一切触れなかったが……。

（……親不孝、ではあるわよね）

マディールに戻らないことに、良心が痛まないわけではない。父がどう思っているかはわからないが、すくなくとも母はエリカを心配しているのは間違いないのだから。けれども、エリカのマディールでの評判は（たとえ新聞に訂正記事が載っていたとしても）地に墜《お》ちてしまったし、戻ったとしても社交界に顔を出せるかは微妙である。社交界におけるエリカの存在価値は失われたも同然である。エステルハージ家や父にとってもお荷物でしかないだろう。エリカに非はないのに。しかし、エステルハージ家の娘であるということは変わらないので、その箔《はく》を求める裕福な資産家が声をかけてくることはあるだろう。そういった者と結婚をするか、あるいは部屋住みとなるか……。それがマディールでのエリカの今後の生き方だ。

だが、エルデイ島では、違う。たしかにエルデイ島にもエステルハージ家の名は届いているが、それはあくまで本国のものであり、別世界の話のようなものだ。

エリカは、まだ独り立ちしているとはとても言えない。父には事実上見捨てられたようなものだが、母はエリカにいつでも手をさしのべようとしてくるし、ペトラもマウレールもエリカを助けてくれる。だが、エルデイ島でなら、いつかは独り立ちできる日も来るかもしれない。

（……だから、わかってほしいの、お父様、お母様……）

エリカが借りているタウンハウスの間取りは、都市の建物事情を反映して、間口は狭めであるが、奥行きは深い。建物は三階建てで、半地下には倉庫や石炭庫、台所、使用人たちの部屋などが並んでいる。一階は玄関からホール、パーラーや食堂へと続き、二階三階は客間が並んでいる。中庭は一階のパーラーの横にあり、つるバラやサンザシといった木が目を和《なご》ませてくれた。

まだつぼみの堅いバラを眺めていると、ふと、黒い影が見えたような気がした。以前ミルチャが教えてくれたように、指輪の嵌まった指を立ててから円周率を唱えると、その影が消えた。魔法と言うよりもおまじないのような感覚だ。これまでも、何度かこんな黒い影を見つけては、同じことをしている。不思議なことに、唱える数字を変えると影は消えないから、やはり本当に魔法なのかもしれない。ともあれ、いざというときに使えるおまじないがあるというのは、なんとなく安心感はある。

（それにしたって、円周率が魔法になるなんて、不思議だわ……）

エリカがそんなことを考えていると、マウレールとミルチャの声が半地下の使用人食堂から聞こえてきた。使用人の食堂は中庭のすぐ斜め下にある。普段は木窓を閉めているので声は漏れてこないが、天気がいいので、珍しく窓を開けているようだ。二人の声は筒抜けといってよかった。

「やあ、マウレール、きみの淹《い》れるお茶はなかなかおいしいじゃないか」

「さようですか、光栄です」

エリカは知っているが、マウレールはお茶を飲むときも背筋を伸ばしたまま姿勢を崩さない。白髪交じりの髪を後ろになでつけ、黒のお仕着せをぴったりと着た姿は、執事の鑑《かがみ》とも言うべきものだ。マウレールが姿勢も正しく紅茶のカップを手にする姿が目に浮かぶようだった。

「きみ、長くエステルハージ家に勤めてたんだろう。だったらこんなエルデイ島くんだりまで来るなんて抵抗はなかったのかい？」

「我々の仕事は主人あってのものです」

「エリカは君の主人にふさわしい人物ってことなのかな」

「私はお嬢様以上に心正しい方を知りません。あの方のもとで働けるのは私の幸せです」

マウレールの言葉に、エリカは少し嬉しくなった。何にせよ、嫌われているよりは好かれている方がよいものである。しかし、ミルチャが少しばかり意地の悪いことをマウレールに聞いた。

「ふーん、随分慕《した》ってるんだね。それほどお給金がいいのかい」

「そのように思われているなら心外ですな。お給金目当てでしたら、お嬢様が姿を消していた一年の間に、マディール本国に戻っていたでしょう」

「まあ、きみぐらい仕事ができる執事なら、引く手あまただろうからね」

たしかに、マウレールの仕事ぶりは見事なものだ。去らずにいてくれてありがたい話である。

「でも、エリカが姿を消していたっていうのは、例の、醜聞《しゅうぶん》騒ぎの後かい？」

「そうです。アドリアン様の駆け落ち騒動は、さすがのお嬢様にも衝撃だったのでしょう。置き手紙一つを残して、家出されてしまったのです……」

エリカは一年前のことを思い出した。

ヴァーシャリ総督はエリカのことを一生懸命捜したが、なかなか見つけられなかった。これまで使用人に囲まれて暮らし、それこそ服すら一人で着たこともなかった令嬢が、いったいどこに行ったのか。不思議に思うのも無理はない。結局、十カ月後、エリカは意外なところで発見されることになった。マディール人の富豪の家で働いていたのだ。

「たくましくなっておられました。あの、天使のように愛らしく、傘《パラソル》より重いものを持ったことがなかったお嬢様が……」

「富豪の家に雇われていたとはどういうこと？　付き人ってことかい……？」

「……いえ、どうもそういうわけでもないようでして。なんでも、富豪の家にある図書室の個人的な司書をしていたようです」

「どこで仕事を見つけたんだろう……」

「それがまあ……意外な展開がありましてな……」

と言いつつ、マウレールはため息をついたようだ。

（……マウレール、わざわざ話さなくてもいいのに……）

エリカは止めに入りたい気分になったが、マウレールはエリカのそれまでの足跡を話しだしていた。

「お嬢様は、賭け事……早い話がトランプでお金を稼いだのです」

「……トランプ」

ミルチャがあきれたような、驚嘆したような微妙な声を上げた。

エリカは、賭けをせざるをえなくなった状況を思い出した。

エルデイ人の未亡人と年季奉公の契約をしてしまったエリカは、なんとかしてそこから脱出しなければならないと道を模索し始めた。なんとなれば、エリアーデ夫人は、エリカをはじめとする行き詰まったマディール人を雇って喜んでいるような人間であり、このまま飼い殺しにされるわけにはいかなかった。賭場《とば》の情報を手に入れたのは偶然で、夫人が知り合いを招いたときにぽろりとこぼしたからだった。

エリカは勝負に出た。唯一手元に残っていた婚約指輪を元手に金を手に入れ、賭場に向かったのである。婚約指輪が残っていたのは、アドリアンがくれたものが、わりと地味な意匠《いしょう》で、目立たなかったためでもある。

「女性向けの高級サロンのような所に行かれたようで。とはいえ、女性が賭博をするのはあまり外聞のよいことではありませんから、来る客はみな素性を隠しています。エリカさまの居所がなかなか知れなかった原因の一つでもありますな。昔から、勝負事に強いのは知っておりましたが、まあ、そちらでかなり腕を上げられたようで、まとまった金額を手に入れたようでございます」

賭博場にもいろいろあるが、上品なところだろうが、場末の酒場だろうが、やってくる客からお金を巻き上げようとする場所であることは間違いない。そこで生き残るために、エリカは知恵を働かせた。後がないので必死である。

そうして賭けでお金を手に入れたエリカは、夫人に違約金を払って下働きから足を洗い、今度は富豪のマディール人の個人宅にある図書室の司書の仕事を住み込みで始めたのだ。以前の失敗から、もちろん働き先は吟味《ぎんみ》したので、ようやく手に入れた安住の地だったのだ。

「……まあ、賢明な判断だな。いくらカードが強くても運ってものもあるからなあ」

「まったくでございます。で、その後ヴァーシャリ総督がお嬢様を捜し当てたのですが、ご本人はその生活を気に入っておられたらしく、戻りたくないとおっしゃいまして。とはいえ、私とペトラがお嬢様のそばにいるとなると、個人宅の住み込みで働き続けるのは無理があります。それで、賭け事で手に入れたお金の残りを使ってこのタウンハウスを借り、さらに給与のよい王立図書館に勤め始めたのでございます」

「それだとしても、写字生《しゃじせい》として働けるほどの技量を身につけるのは……」

「お嬢様は水彩画やカリグラフィーなど得意でございましたから、お勤めになっていた個人宅で、写本について通いの写字生に手ほどきを受けたようでございます」

「なんだか、想像以上にたくましいなあ」

「さようでございますな」

マウレールはしみじみとつぶやいた。

「本来なら、もうお嬢様は私もペトラも必要ないのでしょう。たった十カ月の間に、お嬢様は何でもお一人でできるようになっておられましたから。ご本人はお話しされはしませんが、出奔《しゅっぽん》されていた間に、かなりご苦労されたのではないかと察します」

「ふうん、すごいなあ……。エリカに対する認識を改めないとな……」

　ミルチャも感嘆したように言った。

（確かに、改めて振り返ってみると、よく生き延びたという感じの一年よね……）

　考えるだけでどっと疲れた気分になるエリカである。だが、この一年の出来事は、エリカの価値観を大いに変えた。エステルハージ家の邸宅と社交界のみを見ていたこれまでの生活のなんと空虚なことか。周囲の意見が自《みずか》らの価値を決定し、どう歩むかさえも他者にゆだねていた。結婚でさえ。

　それを思えば、エルデイ島の図書館での仕事はやりがいもあり、それに応じた対価ももらえる。母の手紙もわからなくもないが、マディールに戻る気にはなれなかった。

「ペトラもエリカのためにこの島に残ったんだね」

「ペトラこそ、エリカ様に忠誠を誓っておりますよ。ペトラの人生を救ったのはエリカ様ですから」

「人生を救うとは、大がかりな話だね」

「いろいろあったのでございます……」

　マウレールはそれ以上詳しいことは語らなかった。そのあたりはペトラのプライバシーに関わることであるから、ミルチャに語らないのであろう。マウレールはそういった線引きもきちんとしていた。

「……まったく、興味深いご令嬢だな」

ミルチャの声には、面白がるような響きがあった。

「そういう女性は嫌いじゃないよ」

マウレールがごほん、と咳払《せきばら》いをした。

「さて、そういうわけで、これ以上お嬢様の評判を下げるわけにはいきません。貴殿には、まだ頑張ってもらわねばなりませんな」

「え、これ以上何をするっていうのさ」

ミルチャがぎくりとした声を上げたが、マウレールはさらりと言った。

「いくらでもございますよ。外見からまいりますか。その伸び放題の髪もなんとかせねばなりませんね」

「うわ、ちょ、ちょっとまって」

ミルチャの焦《あせ》ったような声の後に、静寂が訪れた。地下食堂から出ていったようだ。

エリカは、中庭のバラのつぼみに目をやった。小さな妖精が半透明の翅をひらめかせながらつぼみの上に座っているのが見えた。ミルチャがいなくても、見えるようになってきたのだろうか……。

エリカは少し思案してから、母への手紙の続きを書き始めた。

舞踏会の当日、ペトラに飾り立てられたエリカは、ミルチャがやってくるのをホールでそわそわと待っていた。ミモザの色の絹のロングドレスに身を包み、凝《こ》った髪型に羽根飾りをつけた姿は、鏡で見ても自然で、竜の角が生えているとは、まあわからないであろう。ペトラの努力の結果だった。

一方のミルチャは、マウレールに指導されてから、部屋に籠もって出てこなくなった。昨日髪を切られたあたりで悲鳴が聞こえたが、それが原因のひとつでもあるようだ。大丈夫なのかマウレールに尋ねたが、彼は涼しい顔で問題ありませんと答えるばかりだった。とはいえ、あまり遅れるのもどうなのか。エリカがしびれをきらしかけたときに、階上から降りてくるミルチャの足音が聞こえてきた。

「あら、まあ……。やっぱり磨けば光るじゃない……」

ペトラのつぶやきが聞こえた。

階段から降りてきたのは、まごうことない紳士だった。マウレールが急いで仕立てさせた黒の燕尾服は彼の体型にぴったり合っていた。光沢《こうたく》のあるシルクで作られた上着とズボンは今風のシルエットだし、銀色の飾りボタンが控えめに華を添えている。伸び放題だった髪も切られて後ろへとなでつけられていた。しかし、一番の変化を感じられたのは眼鏡だった。以前の眼鏡は変と言うしかない珍妙な代物《しろもの》だったが、マウレールが誂《あつら》えた眼鏡はごく普通のもので、しかしそれが似合ってはいた。眼鏡をかけないミルチャの素顔は超絶に整っているが、そのままではあまりに美し過ぎてまぶしいばかりに周囲から目立つ。だが、マウレールの選んだ眼鏡は、ミルチャの持つ美しさを損《そこ》ないはしないが、その輝きを穏やかにしていた。人並みの美青年になったミルチャは、しかし浮かない表情でエリカに手をさしのべた。

「すまないね、こんな不格好な男がエスコートで。マウレールのセンスを疑うよ」

心の底からそう思っているらしく、しょぼしょぼと言う姿に、エリカは思わずくすくすと笑った。

「その言葉、そっくり返します。あなたのセンスには疑問を抱かずにはいられないわ」

二人連れだって外に出ると、雄馬が繋がれた小型の黒い馬車が霧の中で待っていた。マウレールが今日のために手配したものだった。さすがにミルチャのおんぼろ馬車で城まで行くわけにはいかない。エリカはミルチャに手を借りて馬車に乗った。その後ミルチャも馬車に乗り込むとエリカの隣の席に座り、手綱を手に取る。

馬車が動きだすと、幌の下に吊るしたランプの明かりがゆらゆらと揺れた。大通りへと続く路地はうすく霧に包まれ、ランプの明かりがぼんやりと先を照らす。

　正装したミルチャと二人で馬車に乗るのは妙な気分だった。アドリアンがいるかもしれないゴルネシュティ城に行くのは、少し前まで憂鬱《ゆううつ》で仕方なかったが、ミルチャと一緒にいると少しだけ心が軽くなる気がした。

「先に、今日の計画について話しておこう」

　ミルチャは手綱を操りながら言った。

「わたしが探す魔器具があるのは、ゴルネシュティ城の中のブルガータ聖堂の奥だ」

「ゴルネシュティ城の中に、ブルガータ教の聖堂があるの？　初めて聞いたわ」

「まあ、そうだろうね。ゴルネシュティ城は、マディール王国のエルデイ島統治のシンボルでもあるから、そこに土着の宗教の聖堂があるのは変な感じはするよね」

　ミルチャは路地の向こうを見据えながら言った。お城は大通りの先にある。お城の舞踏会ともなると、訪れる客も多いので、大通りはかなり混む。裏道である路地を通っていくつもりらしい。

「きみも知っているとおり、エルデイ島は八十年前の戦争でマディール王国に併合された。以降、大陸の文化や人も入ってきている。でも、マディール王国がこの島を支配する前は、ゴルネシュティ城はエルデイ島の妖精王がお住まいになっていたんだ。もちろんブルガー夕教の本拠地である聖堂もあったわけで、それがそのまま残っているのさ」

「……妖精王……」

あまりにも非現実的なことをさらりと言うので、エリカは思わずオウム返しにつぶやいた。

「妖精は時々見えるようになってきたけれど、妖精王っていうのは……」

「まあ、王にはお目にかかることはないだろうけど。さて、それで今後のことだけどね。きみと一緒にゴルネシュティ城に入り込んだら、わたしは会場を離れてオルネア手稿を取りに行く。その間、わたしが戻るまで時間稼ぎをしてもらえるかな。別に特別なことはしなくてもいいよ。会場で談笑していてくれれば」

「……善処します」

思わずため息をついたエリカに、ミルチャは眼鏡越しの視線を投げかけた。

「そんなに憂鬱かい」

「アドリアンのこともあるけど、正直舞踏会はあまり得意ではないの。義務だから実家にいた頃は出ていたけれど、こちらに来てからそういったものに出席しなくてもいいことに随分ほっとしていたのよ」

「きみは十分魅力的だよ」

「どうかしら」

エリカは肩をすくめた。魅力的だったらアドリアンは他の女性と駆け落ちなどしなかっただろうに。

「本当だよ。そうでなければ、マウレールだってペトラだってきみについてこないよ」

「家族みたいなものよ」

エリカは言った。エステルハージ家では、父親は近寄りがたい存在であったし、母親の違う兄とも、よそよそしいつきあいである。母親はエリカを可愛がってはくれたが、社交の場が大好きで、あちこち飛び回っていたため、一緒にいる時間は少なかった。マウレールとペトラの方がよほど家族のような存在だった。

「素敵なことじゃないか。わたしにはもう家族はいないからね」

ミルチャの声には静かな響きがあった。ミルチャの屋敷にいたときも、家族や恋人らしき人間はいなかったし、訪ねてくる者も、配達の人間ぐらいだった。

（そういえば……）

ものすごく散らかっていたミルチャの家だったが、布をかぶった肖像画が置かれている部屋があった。出入りした形跡があまりなく、ゆえにほこりはすごいけれど、室内はそれほど乱れていなかったので印象に残っている。そこにあった肖像画には、時代がかった服を着たミルチャと、ミルチャによく似た少年が描かれていた。順当に考えれば兄弟なのだろうが、その弟の気配はまったくない。

「……ミルチャ、もう、って……」

エリカの言葉に、ミルチャは小さく笑った。

「わたしを置いて亡くなってしまったよ。会えるものならまた会いたいな」

エリカはいけないことを聞いてしまったようで、かける言葉を失ってしまった。

「だから、エリカ、家族は大切にした方がいいよ。家族が一緒の時間は長くない」

「……ミルチャ、あなた」

エリカが声をかけたとき、ふいにミルチャの身体に緊張が走った。

「エリカ、きみにエルデイ島の住人からのご挨拶だ。手綱、よろしくね」

「え?」

突然手綱を渡されて、エリカが顔を上げると、路地の先の霧がぱっと赤く光った。その先に、何か黒い影が道の脇に浮かび上がって見える。影は人の形に見えたが、それにしては手足が異様に細長く、関節ばかりが節くれ立っている。まるで人形の様だったが、その動きは素早く、手にしている棒のようなものが持ち上げられるのが見えた。

(なに、あれ)

影が手にしているのは剣だった。赤い光の中で、閃《ひらめ》くのがわかる。真横に突き出された剣は、そのままでは走っている馬車に当たるだろう。ひいては、そこに乗っているエリカたちも薙《な》ぐはずだ。それに気づいて、エリカはあわてて手綱を引こうとしたが、走っている馬車は急には止まらない。エリカが息をのんだときに、隣にいるミルチャが小さく何かをつぶやき、翻《ひるがえ》った掌《てのひら》から、金色の光が飛び出した。光の矢は、凄《すさ》まじい速さで霧の中を突っ切ると、影の持っている剣にぶつかった。鋭い金属音が響き、人影が剣ごと吹き飛ばされ、路地に倒れ込むのが、通り過ぎるその瞬間に見えた。

（掌相《しょうそう》と、詠唱）

ミルチャは以前そう言っていた。魔法を使うのに必要な技を、今使ったのだ。

「やれやれ、最近はやりの通り魔ってやつか」

ミルチャはどうということもなくそう独りごちる。驚いて声も出ないエリカに、ミルチャは安心させるように、形のよい唇を笑みの形にした。エリカはようやく口を開いた。

「……あれは……人？」

「いいや。さっきも言ったろう？　この島の魔法の産物さ」

（……この人、本当に魔法使いなんだわ……）

エリカは、人並み外れた美貌の持ち主を眺めながら、急に全てが実感として身に迫ってくるのを感じた。

確かに、我が身に謎の呪いがかかってしまったし、小さな魔法も見せてもらっていた。だが、どこか絵空事のようで、いまいち魔法というものを信じられずにいたのだ。けれども、ああいう化け物じみた生き物がいて、それを実際の魔法が追い払うのを見ると、その威力に驚嘆せざるをえない。

（……この島には魔法が実際にある。そして、魔導書も、そこに書かれた魔法も、きっと本当なんだわ）

生命を操る魔法が書かれているというオルネア手稿。だとすれば、それが盗まれ、その魔法が自分にかけられたのは、とんでもないことなのではないか。

そして、自称大魔法使いであるという、ミルチャの存在も……。

ふと、目の前の霧が明るくなった。路地を抜け、大通りに出たのだ。

薄く立ちこめる霧を払うように、大通りの脇には立ち並んだガス灯が煌々《こうこう》と輝いていた。大きな通りには、比較的小さな有蓋《ゆうがい》馬車や、あるいは御者《ぎよしや》が操る立派な箱馬車が何台も走っていて、その隅に吊るされたランプの明かりが川のように流れていく。そのいずれも、通りの先のお城を目指していた。

大通りの先には、堀があり、橋を渡ったその先に、巨大な天然大理石を削り出して造ったと言われる白く美しいゴルネシュティ城がそびえていた。

「さあ、エリカ。ここから先が勝負だ。頼りにしてるよ」

ミルチャはそう言って美しい微笑みをエリカに投げかけた。


作法通りミルチャにエスコートされて入り口に足を踏み出す。従僕に招待状を見せると、一瞬驚いたような表情になったが、何の問題もなく二人は城の中に入れた。

入り口のホールは広く、その床は大理石を填《は》め込んだモザイク模様になっていて、高い天井は列柱で支えられている。緩く弧を描く階段を上り、舞踏会の会場に足を踏み入れると、着飾った沢山の客がすでに溢《あふ》れていた。もちろん、マディール本国で行われる舞踏会に比べれば規模は小さいが、それでもかなりの人だかりだ。

アドリアンがこの中にいるかもしれないと思うと、エリカは少しばかり落ち着かない気分だったが、ミルチャが声をかけてきた。

「そんなにそわそわしなくても大丈夫さ。まあ確かにきみは婚約者にフラれてどん底だったかもしれないけど、自分の力でそこから這《は》い上がっただろう？　結婚直前で逃げ出すような卑怯《ひきょう》なやつなんか相手にならないよ」

「フラれただの、どん底だの、言いたい放題ね」

「言葉を飾ったって仕方ないからね」

ミルチャはさらりと言う。ストレートな物言いは、かえって毒気を感じさせない。

ふと力が抜けて、エリカはミルチャを見た。変人なのに、妙なところで気が回る。

（……そうね、私はちゃんとやってきたわ）

エリカは顔を上げて会場を見渡した。

副王の間と呼ばれるその広間には、歴代のエルデイ島総督の肖像画がずらりと並び、見上げるほどに高い金色の天井からはきらめくシャンデリアが光を投げかけている。居並ぶ客はみなきらきらしく着飾っていて、ドレスに縫いつけられた貴石が鈍《にぶ》い光を添えていた。そのような客の中にいても、まともな服を着たミルチャは十分に洗練されて見えた。

「エリカ・エステルハージ嬢ですか」

ふいに声をかけられて、エリカは振り向いた。そこには四十過ぎぐらいの男性がいた。やや太りぎみの身体を上等なラシャの上着で包んだ男性に、エリカは見覚えがなかった。

「……そうですが、あなたは？」

「私、エルデイ島担当次官のトルヴァイと申します。あなたさまが会場にいらっしゃったと知り、総督がぜひご挨拶したいと……」

「……いいえ、お忙しいと思いますし、あまり目立ちたくないの。今日はリハビリみたいなものなんです……」

　エリカの言葉に、トルヴァイと名乗る男は事情を察したのか、あっさりと引き下がった。

「……そうですか。しかし、あなたさまがまたこういった場に戻られることを、お父上もお喜びになられることでしょう。……ところで、付き添いの方は」

「こちらは、私の友人の……」

「ミハイ・アンドラーシュです。ポイエニの土地管理をしております」

「……お会いできて光栄です。今日は楽しんでいってください」

　トルヴァイは去っていった。

「……樹《き》の下で昼寝をするのが土地管理なの？　それに、アンドラーシュなんて偽名……、招かれてないとバレたら……」

「こんなところで、わざわざエルデイ風の名前を名乗って正体を明かす必要はないよ。何人ここに来てると思うのさ。いちいち調べるもんか」

　やがて、エルデイ島総督であるフロリアン・ヴァーシャリと、その妻が会場に現れた。が、アドリアンの姿はなかった。ヴァーシャリ総督がエリカの姿を認めたような気がしたが、よくわからない。総督夫妻が着席すると、それを合図にオーケストラがカドリールを演奏し始める。主賓《しゅひん》が踊り、それに続いて人々も手をとりあって踊りだすと、舞踏会の始まりだった。

「じゃあ、エリカ、わたしは行ってくるよ」

「……気をつけて」

「心配？」

「うまくいってほしいわ……」

「なんだか、信用がないなあ。じゃあ、これを持っていて。わたしの視界を共有できる」

ミルチャが渡してくれたのは、柄付きの折りたたみ式オペラグラスだった。白蝶貝で作られた本体に、金の縁取りがされた優雅な品。エリカが対眼レンズをのぞき込んでみると、着飾った自分がオペラグラスをのぞき込んでいる姿が見えた。

「まあ！」

驚いて眼を離すと、ミルチャがこちらを見て笑っている。つまり、ミルチャが見ている自分を見たということだ。これも魔法なのだろうか。

「これで安心だろう？」

ミルチャはそう言ってにっこりと笑うと、会場からするりと抜け出した。

残されたエリカは、壁際にこっそりと移動した。エルデイ島担当次官がヴァーシャリ総督にそっとしておいてほしいというエリカの意図を伝えたのか、声をかけてくる者もいなかった。今日は誰かと踊るつもりはない。ペトラがうまくヘアアレンジしてくれたが、何かの拍子《ひょうし》に竜の角がバレてしまう可能性もなくはない。目立たずに時間をつぶしてミルチャとここを出るのが一番の目的だ。幸いにして、見知った顔は見当たらない。エルデイ島きっての名士たちが招待されているに違いないが、エリカがエルデイ島での舞踏会に出席するのは初めてだから、知らぬ顔ばかりだった。

エリカはミルチャに渡されたオペラグラスをのぞき込んだ。舞踏場を向いているはずなのに、見える景色は薄暗い廊下だ。いま、ミルチャがいるところだろうか。いったいどういう仕組みなのか、視覚ばかりか、廊下を歩く足音まで聞こえた。

エリカは一度眼を離すと、その場を離れて、人のいなさそうな場所を探した。ダンスフロアを出ても、廊下に人はまだちらほらいた。目立たない柱の陰に移動すると、エリカは、改めて対眼レンズをのぞきこんだ。

「……こんな所にあるとはね……」

ミルチャのつぶやきが聞こえた。

そこはどうやら聖堂内のようだった。規模はそれほど大きくない。街角によくあるような、普通の教会と変わらない広さだった。だが内装は、マディール国教会のそれとは違う。

総督府にある聖堂ならば、もう少し広くてもよさそうなものだが、一方で、内部の装飾は見事なものだった。白い大理石の壁にはロヴァーシュ文字の緻密な彫刻が施《ほどこ》され、祭壇には、竜の像が掲《かか》げられていた。それは見事な像だった。高さ二メートルはありそうな大きさで、翼を広げた竜が天を仰いだ姿をしていた。鋭い爪を備えた前足は今にも動きだしそうなくらいだ。おそらく金属でできているのだろう。黒光りする表面は十分に手入れをされている証拠だった。像の上部の天井には、ガラスの明かり取りがあって、空を眺めることもできそうだった。もっとも、夜であるし、曇っているので、景色はほとんどわからなかったが。

と、ミルチャが祭壇の竜の像の前に行き、しゃがみ込むのがわかった。

竜の像の台座には、大理石がブロックのように塡《は》め込まれている。ミルチャはそのひとつの隅に、爪を立てて引っ張り出した。すると、ブロック状の大理石はつるりと手前に滑り落ちた。大理石の後ろは空洞になっているようだ。ミルチャはそこに手を伸ばして、何かを取り出した。

「あった……」

ミルチャが取り出したものは、掌に載るサイズのフォークだった。それは何の変哲もない、古びたただのフォークに見えた。

ミルチャはじっとそのフォークを見ていたが、ふいに竜の像を見上げた。

「エルデイ島の真の主。結局あなたと離れることは難しいようだ……」

その声にはこれまでになく真摯《しんし》なものがあった。

「そこにいるのは誰だ」

突然誰何《すいか》の声がした。男の声だった。ミルチャがはっとして立ち上がるのがわかった。

「舞踏会から迷い込むにしては、ここは離れすぎている」

祭壇の真向かい、地下へと続く階段から上ってきたのか、深緑色の神官服にフードをかぶった男がいた。背も高く、肩幅も広い。声の張りからすると、三十を越えたぐらいだろうが、フードの隙間《すきま》から見える眼光は鋭かった。しかし、ミルチャの姿を認めるなり、フードを外した。

「ミルチャ、あんたは、ミルチャか？」

エリカは驚いた。これまで、ミルチャを訪ねてくる者も、知り合いも見たことがなかったからだ。この男はミルチャを知っているのだろうか。

「……えーと、もしかして、ダリエ？」

「やっぱりミルチャか！　何年ぶりだ？　……本当に見た目が変わってないな」

「いやあ、きみこそ随分おじさんになったね」

「あんたみたいな化け物と一緒にするな」

「そこはほら、特異体質だからさ……」

ミルチャはふにゃふにゃと言い訳をしながら、出口に向かって後ずさりをした。

しかし、男はミルチャを逃がす気はないようだ。

「どうしてこんな所に？　ついに聖堂会に来る気になったか」

「そんなわけないよ」

「じゃあどうして……って、何持ってるんだ」

「それは内緒。じゃあね！」

ミルチャはフォークを懐《ふところ》にしまうと急いで身を翻したが、にわかに背後で低い詠唱の声が聞こえてきた。

ミルチャが振り返るのがわかった。男の手が複雑な動きを繰り返している。彼の手の中で、小さな雷のような光がぱちぱちとはぜるのがわかった。エリカはぎょっとした。これまで、魔法はミルチャが使うのしか見たことがなかった。だが、それではこの男も魔法使いだというのだろうか。

驚いたのはエリカだけではなかったようだ。ミルチャが狼狽《ろうばい》の声を上げた。

「ちょ、きみ、こんなところで魔法なんて！」

「今逃がしたら次にいつ会えるかわからない。引き留めるためなら何でもする！」

その言葉を聞いたからか、ミルチャがぶつぶつと詠唱し始めたのがわかった。そうして、何か大きな力の塊《かたまり》のようなものを、発動する直前の男の魔法めがけて放出した。

魔法と魔法がぶつかるその瞬間に光がはじけ、一瞬のちにガラスが砕けるような音が響いた。魔法はそれでおしまいだった。しかし、掌に発動する直前の魔法を抱えていた男には衝撃があったようだ。低い呻《うめ》き声を上げるとその場にしゃがみ込んだ。

「……隠遁《いんとん》しても、エルデイの大魔法使いは健在か」

「悪いね、ダリエ。久しぶりに会えたから旧交を温めたいところだけど、今日はわたしを待っているレディがいるんだ」

ミルチャはひらひらと手を振ると、今度こそ出口に向かって走りだした。

「……待て……ミルチャ！」

エリカはオペラグラスから眼を離した。

のぞき込んでいただけなのに、まるでミルチャと一体となって聖堂から逃げ出したような気分だった。

（それにしても、魔法って……）

人間があんなふうに、力を操ることができるとは。あんなことができる人間がごろごろいるのだろうか。それなのに、そのことは島の外には伝わっていない。エルデイ島とはいったいどうなっているのだろう。

ともあれ、ミルチャが戻ってきたときに、こんな廊下の暗がりにいたのでは見つけてもらえない。エリカは舞踏室へと足を向けた。

舞踏室では、優雅なワルツが演奏され始めていた。

女性たちの美しいブロケード織りのドレスがひらめくのを眺めていると、何年も前にアドリアンと踊ったダンスが思い出された。

(……あれから、なんて沢山のことがあったのかしら……)

エリカが思いに沈み込んでいると、突然声をかけられた。

「エリカ!? エリカじゃないか!」

はっとして顔を上げると、そこには懐かしい顔があった。アドリアンだった。

アドリアンは、まるで昨日会ったかのように朗《ほが》らかな笑顔でエリカに声をかけてきた。

「エリカ! どれだけ会いたかったか! 何年ぶりだい? 相変わらずの美しさだ」

二年ぶりに会ったアドリアンは、記憶の中よりも少しばかりふっくらとして見えた。笑うとできるえくぼは相変わらずで、親密さを込めた極上の笑顔を振りまいてきた。

「……アドリアン……」

いつか、アドリアンと再会するのだろうと思ってはいた。それがおそらく今日であるとも。すこしぐらい文句の一つも言ってもよかろうと考えてもいた。

しかし。しかしである。このアドリアンの屈託のなさは何なのだろう。

用意していた言葉は何一つ思い浮かばず、エリカは無理矢理口を開いた。

「……ご結婚なさったそうで。おめでとうございます」

「そうなんだよ！　ぼく、ずーっと謝りたいと思っていてさ」

アドリアンはそう言ってエリカの手を取った。

「その節は迷惑をかけたね。悪かったよ。父上によると、図書館で働いてるんだって？　さすがエリカだ、しっかりしてるなあ」

「……迷惑……」

どころの話ではないのであるが。アドリアンのせいで、はっきり言って人生が激変してしまったのである。にもかかわらず、軽い。アドリアンの言葉は蝶のように軽やかだ。

（……いいえ。この人は、昔からこういう人だったわ）

エリカはふと思い出した。その昔、まだエリカが十にならないくらいの頃、アドリアンがエステルハージの領地に遊びに来た。館の中には、普段は使わない、けれどもそれなりに高価な家具がいくつもしまってある部屋があり、好奇心旺盛なアドリアンはエリカを伴ってそこに『冒険』に出かけたのだった。エリカは最初気が進まなかったのだが、ほこりがかからないよう白い布のかけてある家具の下は、もぐりこめば秘密基地のようでなかなか楽しい。アドリアンと引き出しを開けては、しまい込まれた布や手紙や筆記用具のようなものを取り出して遊んでいたのだが、その最中に、気づかずに床に置かれた白磁の壺を割ってしまった。真っ青になったエリカだったが、アドリアンはどこ吹く風で、バレないよ、わからないところにしまっておこう、ということになった。もちろん、子供がすることがバレるのは自明の理で、結局アドリアンが謝ることになったのだが、そのときも今日のように軽かった。そしてそれで許されてしまうのがアドリアンという男なのだった。

エリカが思わず眉根を寄せていると、アドリアンが少し苦笑いをした。

「やあ、エリカ、きみ本当に変わらないよね。まだそうやってしかめ面《つら》してるのかい？」

「しかめ面？　私、そんなつもりは……」

「きみが黙り込んでそういう顔をする度《たび》に、ぼくが何か悪いことでも言ったかな、という気分になったんだよね」

その言葉は手痛い響きがあった。

（……そうなの？　私はただ、間違ったことを言わないように考えていただけなのに、それでアドリアンを傷つけていたの？）

エリカは何か言おうとして、しかし言葉が見つからず、アドリアンの顔を眺めた。アドリアンはこういった場では人を引きつける力のある人間だった。彼が話しかけているから、自然と人々の視線がエリカにも注がれている。

「アドリアン？　どうなさったの？」

ふとやわらかな声がしてアドリアンの背後を見ると、若い女性が楚々《そそ》と近寄ってきた。

「あ、エリカ、紹介するよ！　ぼくの妻、イオアナだよ！」

（……妻）

エリカはイオアナをまじまじと見た。可愛らしい顔立ちに、ピンクのドレスはよく似合っていた。彼女が着るとまるで花のようだ。金の巻き髪がこぼれるように細い肩に流れている。だが、愛嬌《あいきょう》を感じさせる緑色の眼がエリカの姿を認めると、一瞬だけ閃《ひらめ》いた。

「イオアナ、こちら、エリカ・エステルハージ。ぼくの……幼なじみだ」

「まあ……エステルハージ家のご令嬢の」

イオアナはことさら驚いたように声を上げた。

「マディールでは何度か遠くからお見かけしていました。私のような者ではとてもお声がけできませんでしたが、ここで改めてご挨拶できて嬉しく思います」

イオアナの声に、周囲の者が聞き耳を立てはじめたのがわかった。エルデイ島にまで、例の騒ぎは伝わっていたようだ。新聞に載ったのであるし、格好の暇《ひま》つぶしのネタであるから、それも仕方がない。だが、今エリカがエルデイ島にいることは、一般に知られていない。それなのに、こんな通る声で話されては周囲が気付いてしまう。あるいは。

（そう……わざとね……）

イオアナはふっくらとした唇を笑みの形にした。

「マディールにお戻りになっていないと伺っていましたが、エルデイ島にいらっしゃったんですね。せっかくですから私たちの館に遊びに来てくだされればよかったのに……」

（どうして、婚約破棄された人間が、元婚約者の所に遊びに行かなければいけないのよ）

エリカはムッとしつつも、そこは穏やかに答えた。

「ご新婚でお忙しいところにお邪魔するわけにはいきませんから。それに、私は今とりかかっていることがあるので、それどころでは」

「もしかして、新しい恋？」

イオアナは嬉しそうに言った。非常に巧妙に装《よそお》った無邪気さをうかべて。

「やだ、私、ちょっとほっとしてしまいましたわ。だって、エリカさんはとても綺麗でいらっしゃるから、いまでもアドリアンに未練があるようでしたら、私、とても敵《かな》わないと

「……」

「そんなことはありませんからご安心なさって」

エリカは遮《さえぎ》るように言った。

「あら……そうですの？」

イオアナはそう言ってアドリアンに微笑みかけた。アドリアンはといえば、イオアナに笑いかけられて、とろけそうな顔をしている。こんな表情を、アドリアンがエリカの前でしたことはなかった。

（……ああ、限界）

エリカは思わず視線を舞踏場へと移した。楽しげな音楽と共に、さざめくように人々が踊っている。こんなに沢山の人がいるというのに、エリカは一人きりで断崖絶壁の前に立っている気分だった。痛切に理解してしまったのは、アドリアンがエリカに対して、いわゆる恋愛感情というものをかけらも抱いていないのだ、ということだった。幼い頃から定められた婚約者に対する親愛の情は深くあったとしても。

もういい。もう十分だった。謝罪も何もいらないから、一刻も早く二人の前から立ち去りたい。しかし、ミルチャが戻らなければこの会場から出ることも叶《かな》わない。

ふと、オーケストラの音楽が変わった。人々のダンスもまたコティヨンからワルツへと変化する。アドリアンがイオアナから離れてエリカに手をさしのべた。

「エリカ、もしよかったら、もう一度ぼくと踊ってくれないか」

エリカは一瞬だけ躊躇《ちゅうちょ》した。この手を取れば、彼の手痛い裏切りに対する和解の証《あかし》となるのだろう。だが、アドリアンもいうなれば被害者なのかもしれない。アドリアンは少なくともエリカにいつも笑いかけてくれた。それに対して、エリカは彼の言うところのしかめ面で対応していたのだ。もしもエリカがイオアナの十分の一でもアドリアンが喜ぶような笑顔を振りまいていれば、何かが変わっていたのかもしれない……。

そこまで考えたときに、胸にこみ上げてきたものは苦しかった。それを押し殺したくて、エリカは手袋をしたアドリアンの手を取っていた。

アドリアンはエリカをぐっと引き寄せ、最初のターンを踏み出していた。くるりと回りながら、周りの人々の視線を痛いほど感じた。ささやきが聞こえる。エステルハージ家のご令嬢……。例の駆け落ちの……。が、すぐに三拍子の音楽がそれをかき消し、二人はワルツを踊る群れの中に溶け込んでいった。

「ありがとう、エリカ、ぼくとまた踊ってくれて」

アドリアンとイオアナの顚末《てんまつ》は、ヴァーシャリ総督から聞いていた。最後にエリカと踊ったマディールの舞踏会の後、アドリアンは父である総督とエルデイ島に戻った。その際、同じ船に乗っていたのがきっかけでイオアナと親しくなったのだという。

アドリアンは、人付き合いはいいが、特別に女好き、というわけではなかったようだ。ヴァーシャリ総督によると、これまでも多少の女遊びはあったものの、特別にのめり込むようなことはなかったという。しかし、イオアナについてはこれまでとは違ったようだ。エルデイ島に戻ってからも、アドリアンは頻繁《ひんぱん》にイオアナと会っていたという。本国マディールとちがって、エルデイ島はのんびりしているし、人の目も緩い。二人きりで会うのは難しいことではなかった。しかしヴァーシャリ総督は、エリカのこともあるのだから、ほどほどに、とは注意していたようだ。しかし、秘められた恋であるほど燃え上がるのは人の世の常であるらしい。結果として二人は駆け落ちをして海を渡り、クロアート国で結婚してしまった。クロアート国はマディール王国の隣国だ。マディール王国では結婚の手続きは大変面倒なのであるが、クロアート国では非正規結婚を認めている。つまり、二人の証人立ち会いの元で誓いが立てられたなら、誰であろうがほぼ全ての人が結婚を成立させることができるのだ。たとえ隣国であっても、結婚が認められれば、自国に戻っても結婚は成立する。したがって、親に認められないカップルが、クロアート国に駆け落ちして結婚するのは、マディール王国ではよくあること……まではいかなくとも、それなりに見聞きする話なのだった。

アドリアンはいつものように軽やかなステップでエリカをリードして踊った。楽しいことが大好きなアドリアンらしい踊り方だった。

「アドリアン、あなた、イオアナを愛しているの……？」

「うん。……ごめんよ、エリカ。もし、あのときの気持ちのまままきみと結婚していても、幸せな結果にはならなかったと思うんだ……」

ささやきかけてくるアドリアンのその言葉が胸に落ちてくると、不思議とそれ以上の感情のうねりは湧いてこなかった。ただ、納得するしかなかった。

（……せめて、笑顔になろう）

こうやってアドリアンと踊ることはもうないだろう。けれども、しかめ面の自分ばかりがアドリアンの記憶に残るのは癪《しゃく》だった。

エリカが笑みを浮かべてまつげを上げると、アドリアンは少しほっとしたような表情になって身を寄せてきた。ワルツの途中なのだから、おかしなことではないが、周囲が気になって反射的にどぎまぎしていると、彼は、耳元に小さくささやいてきた。

「それでさ、エリカ、じつはちょっと頼みがあって」

「……頼み？」

「お金、貸してくれない？」

「……は？」

エリカは我が耳を疑った。ヴァーシャリ提督の長男ともあろうものが……お金？

「その……きみと婚約破棄したものだから、ぼく、兵糧攻《ひょうろうぜ》めにあってるんだよ」

エリカはあまりのことに踊りながら転びそうになってしまったが、そこはアドリアンが上手に抱き留めてくれた。

アドリアンによると、婚約破棄したことに、ヴァーシャリ総督は相当の怒りを見せたらしい。とはいえ結婚は成立しているわけで、今さらなかったことにはできない。それで、別世帯を持ったのだから、と、アドリアンへの金銭の供与を止めてしまったのだという。

総督といえば、別名副王とも呼ばれ、エルデイ島統治の象徴である。ほぼ世襲と言ってよく、アドリアンもいずれは総督になるといわれている。しかしながら現在は無位無冠であり、収入源は相続した小さな荘園《しょうえん》からのあがりである。とはいえ、貴族としての体面を保ちつつ、妻を養うには少々心許《こころもと》ない。そこで、アドリアンは慣れない投資を試みた。南の大陸で発見されたというダイヤモンド鉱山の発掘権を購入したのである。ところが、ダイヤモンド鉱山から出てきたのはただの水晶であり、結局大損してしまったのだった。

「……ただ、同じ山の別の所にはまだダイヤがあるらしいんだ。採掘する資金さえあればなんとかなるはずなんだよ」

（……要するに、騙《だま》されたってことじゃない）

エリカは顔が引きつるのを感じた。……いや。アドリアンは昔から夢のようなことを追いかける性質だった。さんざん失敗しつつも、愛される性格故《ゆえ》に、親や周りの友人が手をさしのべてくれるので、致命傷を負わずに済んできていた。

「だからさ、エリカ、お金貸してくれないかな。ちょっとでいいんだ」

エリカは黙ってアドリアンと一緒にくるりとターンをした。目が回る。比喩《ひゆ》でなく。エリカがアドリアンに捨てられて、下働きをしてジャガイモの皮を剝《む》いている間に、彼は夢のダイヤモンドを追いかけていたのだ。

「無理なら、共同出資に名前を貸してくれないかな。エステルハージの名があれば……」

「……アドリアン。私も今はマディールを飛び出して、父の援助なく暮らしています。あなたも自立すべきよ」

「でもエリカ、本当にいい話なんだよ」

ワルツが終わると、エリカはアドリアンから身を離して踊りの輪の中から飛び出した。

「……エリカ……！」

アドリアンが追い縋《すが》ってくるのがわかった。何事かとエリカとアドリアンに目を向けてくる人々の視線が刺さる。だからこそエリカは昂然《こうぜん》と胸を張って歩いた。けれども、本当は誰にも見えないところに行きたかった。柱でも、カーテンでも、その後ろに隠れて、全てが終わるまで眼を瞑《つぶ》っていたい……。

「やあ、待たせたね、エリカ」

ふと、聞き慣れた声がして、エリカは顔を上げた。

「ミルチャ……」

舞踏室の入り口から、ミルチャはゆったりとした足取りでこちらに向かってきていた。眼鏡越しの碧《あお》色の目がエリカの姿を認めると、手袋をした手をさしのべる。エリカは滑るように歩を進めると、その手を取った。縋《すが》るべき柱を見つけたように。

後ろから追いかけてきたアドリアンがミルチャの姿を見て声を上げた。

「きみは誰だい」

「この人は、ミル……」

「ミハイ・アンドラーシュです、アドリアン閣下《かっか》」

ミルチャはエリカを遮ってさらりと偽名を名乗ると、整った面輪《おもわ》に緩く笑みを浮かべた。

「エリカを迎えに来ました。今日はわたしが彼女のエスコート役です」

エリカは思わずミルチャの手を握りしめた。いつの間にか、舞踏会に来ている客たちが、遠巻きに三人を眺めていた。

「だが、ぼくはエリカとまだ大事な話の途中で……」

「そうなのかい？　エリカ」

「いいえ、話はもう終わりました」

それを聞いて、ミルチャは少しばかり面白がるようにアドリアンに言った。

「ということですが？」

アドリアンは少しばかりムッとしたようにミルチャをにらみつけた。

「きみ、エリカの何なんだ」

「そうですねぇ、二度ほど結婚を申し込んだ程度の間柄です。色よい返事はいただけていませんが」

エリカはぎょっとした。たしかにそのようなやりとりをしたような気もするが、なにもこんなところで誤解を招くような言い方をする必要はないではないか。しかし、驚いたのはアドリアンも同じようで、エリカに聞き返してきた。

「そうなの、エリカ」

「わ、私は……」

「閣下はご自分から素晴らしい宝をお捨てになったのですよ。いやあもったいない」

ミルチャはエリカを自分の方へと引き寄せてきた。

「わたしも長く生きてきましたが、これほどの女性は滅多《めった》にいるものではありませんよ。もちろん、家柄も尊いですが、それ以上に、エリカには人生を切り開く力がある」

「ミルチャ……やめて」

エリカはささやいた。が、ミルチャは続けた。

「何の落ち度もないエリカを閣下はお捨てになった。それに対して、エリカは一度も閣下を悪く言ったことはありません。むしろ自分が至らなかったためだと自責の念を抱いている。これほど気高《けだか》く心の清い女性をわたしは知りません」

ミルチャの言葉に、アドリアンははっとしたように息をのんだ。

「ぼくは……」

「もしも結婚なさっていたら、閣下の人生はより輝かしいものになっていたに違いないのに。ああもったいない」

「ミルチャ、もういいのよ……」

ミルチャの言葉にエリカは小さく言ったが、彼はよどむことなく続けた。

「もっとも、わたしとしては幸運ですが。こうしてエリカにめぐりあい、結婚を申し込む機会を得たのですからね」

エリカはミルチャにささやいた。

「ミルチャ、行きましょう」

「それでは閣下、ごきげんよう」

ミルチャは慇懃《いんぎん》に礼をすると、作法通りにエリカを伴って歩きだした。

人々の輪を抜け、二人は舞踏会場を出た。一階のホールに向かう階段を一緒に降りながら、エリカはささやいた。

「……ミルチャ、魔器具は手に入ったの？」

「まあ一応。ちょっとばかりトラブルもあったけどね」

「……あなた、アドリアンにあんなことを……」

「全部本当のことだろう？　あれくらい言ってやってもいいだろうさ」

ミルチャは涼しい顔で言った。エリカは返す言葉が浮かばなかった。ミルチャはエリカをちらりと見た。

「……ああ、エリカ、そんな顔をしないで」

「……え？」

「わかってない？　きみ、泣きそうな顔をしているよ」

「……泣く……？」

ミルチャに指摘されて、エリカは呆けたようにつぶやいた。

（……そんなはずがない。だってもうアドリアンのことは……）

そう思ったときに、ぽろりと涙がこぼれ落ちた。ミルチャはささやいた。

「あんなふうに傷つけられたんだから、当然だ」

（……そうだわ……）

エリカはふいに気がついた。自分は、傷つけられたのだ。アドリアンの手痛い裏切りに、どうしようもなく。けれどもそれに気づいたら立ち上がることさえできないと無意識にわかっていたから、エリカはこれまで泣くことさえできなかった。

うつむくと、涙はぽろぽろとこぼれ落ちていった。ミルチャは、ハンカチを差し出してくれた。ろくに前を見られないエリカは、ミルチャにしがみついてどうにか歩いた。周りの人は、二人を見てどう思うだろう。先ほどのアドリアンとの騒ぎもある。またスキャンダルの種になるのだろうか。でも、もう何もかもどうでもいいことに思えた。

「さあ、もうすぐ外だ。こんな所はおさらばだ」

いつの間にか人気《ひとけ》のない廊下に出ていて、目の前には裏口があった。作法も忘れて二人は駆けだした。霧の立ちこめる裏庭に出る。霧の中にランプの明かりが点々と道沿いに続いていた。

「馬車の所まで行かないと……」

「一晩ぐらい預けても平気さ。今日は特別だ、上から行こう」

「上?」

聞き返す間に、ミルチャは手を組み合わせると何かぶつぶつとつぶやき始めた。魔法なのだ、と気づいたときには、彼の身体がふんわりと風を纏《まと》い始めていた。

「行こう」

そう言うと、ミルチャは軽々とエリカを抱き上げていた。彼の身体は風のように宙に浮いた。そしてそのまま城の真上へと……。

「……飛んでる……!?」

「空中散歩もたまにはいいものさ」

彼はそのまま空を歩くように飛んだ。眼下にゴルネシュティの街が見えた。ゴルネシュティの街は薄い霧に包まれていたが、大通り沿いにガス灯の明かりが揺らめいて見える。街の灯が、ゴルネシュティの輪郭をほんのりと浮かび上がらせていた。

「……魔法……。すごいわ……」

エリカはつぶやいた。いったいどういう仕組みなのだろう。

「そうだろう? 誰にでもできることじゃない。わたしと出会えてラッキーだったろ」

「あなたと出会わなかったら、城に行く必要もなかったし、アドリアンと再会することもなかったわ」

「おや、そうだったね」

ミルチャはくすくすと笑った。

エリカはミルチャの胸に身を預けた。毎日だらけた暮らしをしているくせに、燕尾服越しに感じるミルチャの身体は存外がっしりしていて、頼りがいがあった。

「図書館からあなたの屋敷に行くときも、もしかしてこうやって空を飛んだの？」

「まあね。昼間は人目につくと厄介だから滅多《めった》にしないいんだが、あのときは急いでいたから」

ふと上に目をやると、霧の向こうで居待月《いまちづき》が薄ぼんやりと輝いているのがわかった。

「……綺麗……」

「エルデイ島はどこも綺麗だよ。見所も沢山あるから、きみもいろいろまわってみればいい」

ミルチャはそう言いながら、さらに上昇していった。霧を抜けると視界が一気に広がった。足下には月光に照らされた霧の海が広がり、上空にはちらちらとまたたく星々が、砂のように一面広がっている。月明かりの雲上は神々《こうごう》しく、この世のどことも繋がっていない異世界のようで、不思議な静けさに包まれていた。

「……私は、愚かね……」

「どうして？　さっきも言ったけど、きみは素晴らしい女性だ」

「……いいえ、愚かよ。あんな人を好きだと思っていた。あんな人と結婚することを夢見ていた。疑うこともなかった。そして、あんな人に、私は捨てられたのよ」

言葉を吐き出しながら、どういうわけかまた涙がこぼれてきた。

「エリカ」

ミルチャはささやいた。

「それ以上自分を傷つける言葉を言う必要はない。あの愚か者が悪いんだ」

まばたきをすると、涙がにじんで周りがぼやけた。ぼやけているから、見上げた先にあるミルチャの整った面輪が余計に幻のように美しく見えた。

「だけどね、エリカ。時には泣いたっていいんだよ。それだけで心に塞《ふさ》いでいるものが流れて楽になることもある。きみは真面目だから、いろいろ我慢しすぎるんだ」

「逆にあなたは、自由すぎよ……」

エリカはそう言いながら、今度はもう我慢せずに涙がこぼれるに任せた。ミルチャに借りたハンカチはぐしょぐしょになってしまった。

「……あなたって、結構気遣《きづか》いできるのね」

「やっと気づいた？　わたしと結婚すれば、毎日胸を貸してあげるよ」

「どうしてそういうことになるの。結婚するにしても、あなたに頼るためなんて、それは違うわ。だれかに縋って生きるのはいやよ」

「きみらしいなあ」

　ミルチャはそう言って笑った。

「せっかくだから踊らないかい？　一流の舞踏会に行ったはずなのに、きみと踊らずに帰るのは惜しい話だ」

　エリカは、霧に包まれた足下を見た。

「……でも、落ちたりしない？」

「大丈夫、わたしに摑まっていればね」

　ミルチャはそう言ってエリカの右手を握ったまま、抱いていた腕を下ろした。ふんわりと、エリカの身体は霧の上で宙に浮いていた。ミルチャの手を握ったまま足を踏み出すと、ふかふかした綿の上を歩いているような感触だった。

「すごいわ、素敵……！」

「さあ、踊ろう」

　ミルチャはエリカを引き寄せるとしっかりと腰に手を当ててリードした。音もない月明かりの下、二人は霧の上を滑るように踊った。ミルチャは聞こえるかどうかの小さな声で、三拍子の歌を小さく口ずさんでいる。それは素朴な伝統音楽で、どこか懐《なつ》かしさを感じさせる曲だった。率直に言えば、ミルチャのダンスのリードはアドリアンよりも下手《へた》であり、ステップもすこしばかり危なっかしかったが、その分ターンやクロスステップがうまくいくと喜びはひとしおで、そんなときは二人でくすくすと笑い合った。

二人はそのままゴルネシュティの街の上で踊り続けた。エリカの屋敷に着いたのは、月が中天に昇る頃だった。

第三章

ブルガータ教の聖堂騎士

エルデイ島の春は、その半分が霧に包まれている。西からやって来る季節風はたっぷりと湿り気を含んでいて、島に上陸する頃には霧となって島を包む。やがて五月祭りが終わりを迎える頃になると、霧は消えてからりと晴れ渡り、瑞々《みずみず》しい緑が島を覆《おお》う。それは、エルデイ島でももっとも輝かしい季節である、初夏の始まりだった。

「お嬢様、スズランの花です。道ばたで子供が売ってたんですよ。こっちでも咲くんですね。マディールでもきれいでしょうね」

ペトラは窓際《まどぎわ》にスズランの花束を飾る。窓の外に見える中庭も、したたる緑が美しい。

「……そうねえ……」

エリカはスズランを見ながら気のない返事をした。なんとなく、最近腕がむずがゆい。

なにか、悪いものでも食べただろうか。

母親からまた手紙が届いている。早く本国に戻ってこい、と……。

と、階上からゴトン、と何か重そうなものが落ちるような音がした。その音を聞いて、ペトラはつぶやいた。

「あの方、今日も何やってるんでしょうね。舞踏会から帰ってきてからずっと部屋に籠《こ》もってるじゃないですか」

「私を治すために、昔のメモを引っ張り出しているみたいよ。難しいみたいね……」

「だからって、部屋に籠もりきりなんて……。せっかくマウレールさんが素敵にしてくれたのに、身なりがどんどんくずれて、また変な人に戻ってきてるじゃないですか」

「もともと変人なんだもの、仕方ないわよ」

「もったいないですよう。せっかくの美形なのに」

ゴルネシュティの屋敷に戻ったミルチャは、一室を借り切ると、そこに籠もってしまった。食事の時は出てくるが、それ以外は起きているのか寝ているのかまったくわからない有様である。

一方のエリカは、舞踏会後にマウレールが持ってきた社交界新聞を見て轟沈《ごうちん》した。社交界新聞はマディール本国の貴族が楽しむゴシップ紙であるが、一部は各植民地、自治領でも販売される。各地に散った貴族や郷士《ごうし》は、僻地《へきち》でそれらを読んで本国への思いをはせるのだ。主《おも》な記事はやはりマディール王国の社交界のゴシップであるが、マディール領各地の噂話も載《の》せられることがある。そして、小さくではあるが、ゴルネシュティ城で行われた舞踏会の様子と、エリカとアドリアンの騒動も載っていたのだった。曰《いわ》く。エステルハージ家のエリカ嬢が約一年ぶりに人々の前に姿を現した。エルデイ島総督の子息であるアドリアン閣下《かっか》にまだご執心の様子。しかしそこに地元郷士のアンドラーシュ氏なる人物が現れ、エリカ嬢に猛アタックをかけ始めた。叶《かな》わぬ恋の三角関係はどのような結末をむかえるのか……。

（……どうしたら、あの状況でそういうストーリーができあがるのよ）

謎である。もう頭を抱《かか》えるしかない。

（いいわよ。もう社交界なんて二度と足を踏み入れないもの。私には仕事があるわ）

しかし、この竜の角がとれない限り、図書館には戻れない。図書館どころか人目につくことはできないから、それこそミルチャと一緒に、田舎《いなか》に引き籠もるしかない。

（ミルチャと……）

エリカは、あの不思議な夜のことを思い出した。いろいろありすぎた一夜だったが、朝になってみれば、洗われたように気分がすっきりしていたのも事実だった。それは、おそらく心の中に引っかかっていたアドリアンというとげが抜けたからなのかもしれない。要するに、現実のアドリアンがひどすぎたのであるが……。

同時に、ミルチャのことが気になりもした。魔法使い。服装のセンスは壊滅的。怠《なま》け者で、ヘタレ気味だが、顔だけは超絶にいい。だがそのどれも彼の本質を表してはいない気がした。それなりに接してはいるが、未《いま》だにミルチャをどう評価すればいいかわからなかった。

（……不思議な人……）

中庭にはピンク色のバラと、咲き初《そ》めのサンザシの白い花が彩りを添えている。ぼんやりと窓の外を眺めていると、マウレールがやってきた。

「お嬢様」

「どうしたの」

「ミルチャ様にお会いしたいという方がいらしているのですが」

「……ミルチャに？」

それは奇妙な申し出だった。田舎にあるミルチャの屋敷でも、知り合いが訪ねてくることはなかった。それなのに、ゴルネシュティのエリカの屋敷にミルチャに会いたいという人物がやってくるとは。そもそも、なぜミルチャがエリカの家にいることを知っているのだろう。社交界新聞を目にした人が、どこからかエリカのことをかぎつけ、「ミハイ・アンドラーシュ氏」について取材したいとやってくることはあるが、そういった人々はマウレールが門前払いしている。

「どんな方？」

「エルデイ人ですね。おそらく、ブルガータ教の方ではないかと」

「……今のミルチャが誰かと会うとは思えないわ。私でよければ応対しますが」

「お伝えしましょう」

屋敷にやってきた人物を見て、エリカは内心の驚きを隠すのが大変だった。

おそらく年齢は三十過ぎ。背が高く、肩幅も広ければ、顔もいかめしく、深緑色の神官服を着ている。確かダリエといったはずだ。

間違いない。先日の舞踏会の夜、ゴルネシュティ城の聖堂でミルチャに魔法をしかけたあの神官だった。

「初めまして。私はこの屋敷の主、エリカ・エステルハージです」

エリカはダリエに挨拶《あいさつ》をした。ダリエはエリカに目をやると、はっと身体を硬直させ、上から下までまじまじと注視してきた。そして、もう一度こちらの顔を見た後に、ぱっと頬を赤らめた。エリカは居心地が悪くなって咳払《せきばら》いをした。

「……あの、ご用の件は?」

「いや、その……突然の訪問を受け入れてくださって感謝します。俺はダリエ・シオランと言いまして……あなた様があまりにお美しく……、つまり、俺は聖堂騎士で」

目線も合わせず、後半はごにょごにょとつぶやいてくるダリエ。

「……はあ……」

(……変な人。エルデイ人って、変な人が多いのかしら……)

「あのう、ミルチャをお捜しだと伺《うかが》いましたが」

エリカが改めて聞くと、ダリエは急に目的を思い出したのか、声を上げた。

「やはりこちらにいるのですか……！」

エリカはダリエを中庭が望めるパーラーのテーブルに通した。エリカは向かいに腰掛けた。竜の角がわからないように、とりあえず帽子をかぶっておく。ミルチャには、マウレールが部屋の外から声をかけたらしいが、返事はまったくないらしい。

「ごめんなさい、ミルチャは今取り込んでいて、とても会える状態ではなくて」

「いえ、こちらにいるとわかっただけでも朗報です。二十年近く捜していましたから」

「……二十年？」

エリカは思わず聞き返した。二十年前ならば、ミルチャもまだ子供だろう。小さいときから捜していたとは、生き別れか何かなのだろうか。

「どうしてミルチャがこちらにいるとわかったのですか？」

ダリエは、舞踏会の日に、ミルチャがブルガータ教の聖堂に現れて、再会したことを話した。それはエリカも例のオペラグラスを通して知っていた。そして逃げたミルチャの手がかりはないかと、舞踏会の日の新聞を読み、「ミハイ・アンドラーシュ」がミルチャであると確信したのだった。ミルチャはこの偽名を何年も前から使っているらしい。それで、エリカならばミルチャについて知っているかもしれないと一縷《いちる》の望みを託した。エリカの住んでいる屋敷を探し出して、シャーンドル邸にやってきたのだという。

「まさか、ミルチャがマディール貴族の邸宅にいるとは思いませんでしたが……」

「確かに、私の実家はマディールでの名家かもしれませんが、今は戻るつもりはありません」

エリカの言葉にダリエは少し怪訝《けげん》そうな表情をした。そして尋《たず》ねてきた。

「エステルハージ家のご令嬢であるあなたが、どうしてミルチャと知り合ったのですか。そして……ミルチャのことをどこまで知っているのですか」

エリカは背筋を伸ばした。

（……どこまで知っているのか）

つまり、ミルチャには、なにか知られていない秘密があるのだ。そして、この男は、それを知っている。

「魔法使い」

エリカのつぶやきに、ダリエの眉がぴくりと動いた。

「……そのことを知っているのですか、マディール人のあなたが」

ダリエが、言葉を選んでいるのがわかった。

「ミルチャが、それをあなたに話したのですか」

（……やっぱり、魔法って、ものすごい秘密だったりするのかしら……）

いつもミルチャがのんきに魔法、魔法と言っているとそういう感じはしないが、考えてみればとんでもない技ではある。それに、ミルチャも他の人には語らないようにと魔法をかけたとかなんとか言っていた。

「私は、魔導書《グリモワール》……偽《にせ》のオルネア手稿《しゅこう》にかけられた魔法によって、呪いを受けました。ミルチャは、それを解呪するために、この家にいるのです」

エリカはそう言って帽子を取った。竜の角を見たダリエは驚いたように目を見開いた。

エリカは、これまでの経緯《いきさつ》をかいつまんで話した。ダリエは言葉を差し挟むことなく黙って耳を傾けていたが、全て聞き終わると、大きなため息をついた。

「なるほど、そういうことですか。あのミルチャが……」

エリカはダリエを見返した。

「あなたは、ミルチャとどのようなご関係なのでしょうか。二十年捜していたとおっしゃっていましたが、それはいったい……」

ダリエは少しばかり考え込んだようだが、やがて口を開いた。

「マディール人のあなたにこれを話していいのかどうか……」

「マディール人もエルデイ人も関係ないでしょう。今はミルチャのことを話しているのでしょう?」

エリカが言うと、ダリエは苦笑した。

「そうですね。それに、ミルチャが他言無用の魔法をかけたというならば、エルデイ島のことをあちこちに話すこともないでしょう。お話ししましょう」

ダリエは一息つくと語りだした。

「ミルチャはああ見えて百歳をとうに越えています。俺が最後にミルチャに会ったのは十二歳の時ですが、その頃からまったく見た目は変わっていません」

「……ひゃく、さい……?」

エリカは思わず繰り返した。

「彼が自身で言うように、エルデイ島の稀代《きたい》の魔法使いです。汲《く》めども尽きぬ魔力は、彼が歳をとることを許さないのです」

「……」

確かに、本人も見た目より長く生きている、などと言ってはいたが……。

「ほかにも、ミルチャのような魔法使いがいるということですか?」

「いいえ、彼ほどの使い手はおそらくこの世には残っていないでしょう。エルデイ島がマディールに併合される戦いのときに……」

　ダリエはそこまで言って、エリカの顔を見て口を閉じた。

「歴史は知っています。マディール王国がエルディイ島を併合した際に、大きな抵抗があったと」

「……そのときに、エルディイ島のほとんどの魔法使いはいなくなりました。残っているのは、彼らの足下にも及ばないような小粒だけです。俺のようなね」

　小粒かどうかはわからないが、彼が魔法を使えるのはあのときのぞき見た経緯から知っていた。もしかしたら、ブルガータ教は、そういった魔法使いたちを抱えているのかもしれない。

「魔法使いたちと共に、その技も絶えたのです。わずかに残されたのが、四冊の魔導書。そして、ミルチャです」

　ダリエは、その手をテーブルの上で組んだ。節くれ立って、マメのできている太い指には、繊細な銀色の指輪が塡《は》まっていた。

「ミルチャは、それでは、八十年も前の戦争の生き残りだというの……？」

「はい」

　にわかには信じがたい話だった。百歳を越えている？　あのミルチャが？

「でも、二十年もあなたが捜していたというのは……？」

「俺だけではないです。ブルガータ教聖堂会も、エルデイ島解放戦線の連中も、そしてほかにも密かにミルチャや魔導書の行方を追っている組織はあります」

エルデイ島解放戦線というのは、エリカも聞いたことがあった。なんでもマディール王国からの独立を目指している過激派の集まりで、時々テロも起こしているとかいないとか……。

「どうして、そんな物騒な人たちがミルチャや魔導書の行方を追っているの」

「もちろん、ミルチャの魔法の力が欲しいからです」

ダリエは一度言葉を切ってから、エリカを見て言った。

「……マディール人のあなたに言うのもどうかと思いますが、ブルガータ教はマディール王国が宗主国になってから、苦しい立場が続いています。ゴルネシュティ城に聖堂があるのもその一環です。ゴルネシュティ城の聖堂は、ブルガータ教にとっては聖地と言ってもいい。それを総督府の内部に置いたままにしておくことで、いつでも手を下せるという状態にしています。体《てい》のいい質ですよ」

エリカは息をのんだ。

この島に来て一年が経《た》つが、エルデイ人にマディール人による統治について何か言われたことはなかった。家出していた間も、共に働いていたのはマディール人ばかりだったし、図書館に勤めている同僚も、公的機関だけあって、生まれも育ちもエルデイ島とはいえ、マディール人だ。

「そして、ブルガータ教は、密かに聖堂騎士団という独自の魔法使い団を有していますが、先の戦争で主力を失い、回復していません。もちろん、四冊の魔導書も、ブルガータ教としては、のどから手が出るほど欲しいものですよ。なにしろ、その優れた技も伝わっているのはわずかです。魔導書があればすぐに読解され、聖堂騎士団に還元されるでしょう。また、ミルチャがブルガータ教に力を貸しても大きな力になります。同じように、解放戦線の連中も、ミルチャの力がほしい。解放戦線の連中は、八十年前の争いの際は大きな力があったかもしれませんが、今は早い話がごろつきの集まりですから、たいしたこともできません。しかし、力ある魔法使いが一人いれば、話は別です。大変な戦力ですよ」

「戦力……」

思ってもみなかったきな臭《くさ》い話の流れに、エリカは呆然とするほかない。しかし、舞踏会の夜に通り魔を追い払った魔法は確かにすごいものだった。それに、空を飛べるということは、どこにでも侵入可能といえるわけで、そういう連中にしてみれば、さぞかしありがたいのかもしれない。

「まあ、あのとおり、ふにゃふにゃした御仁《ごじん》なので、どこかに肩入れするということもなくのらりくらりとかわしていたようですが。それでも、二十年ほど前までは、時々ブルガータ教の聖堂に顔を出すこともあったのです。しかし、ここ最近はまったく行方がわからなくなっていました」

「……あなたは、ブルガータ教の遣《つか》いとしてここにいらしたの？」

「いいえ」

ダリエはきっぱりと言った。

「俺が来たのは、ミルチャに会いたかったからです。ミルチャは、俺の師匠のような存在でした。聖堂騎士になるための生活はそれほど楽しいものではないですから、ミルチャのようないい加減さ……というか適当な感じ……いや、ユルさは……、これだけ手を抜いていても人間は生きていけるのだという心の支えになりました」

「……心の支えにするようなものにも思えないけれど」

思わずエリカは口にした。どうやら二十年前からミルチャのマイペースぶりは変わっていないようである。

「突然ミルチャが来なくなって、子供なりに、俺も思うところがあったのですよ」

「でも、姿を消してしまうなんて、何があったのかしら」

「……聞いた話では、一緒に暮らしていた親族が亡くなったそうです」

ふと、エリカは、馬車でミルチャと交わした会話を思い出した。家族はミルチャを置いて亡くなってしまった、と言っていた……。

「それまでもふらふらとしていたのですが、それ以降はふっつりと消息を絶っていて、エルデイ島の魔法使いもついに途絶えたものかと思っていました……」

ダリエはそう言った後に、しかし少しばかり表情を緩めた。

「嬉しかったのです、ミルチャが生きていたことが。そして、変わらずに魔法の使い手であることが」

エリカは、目の前の人の好《よ》さそうなエルデイ人が、ミルチャを慕《した》っていることを感じて、少しばかり心が温かくなる気がした。

「……しかし、ミルチャはいったい誰を捜しているんでしょうね」

ダリエはもっともな疑問を口にした。エリカは答えた。

「オルネア手稿を盗んだ人物だとは言っていましたが……」

「二十年も引き籠もっていたミルチャが外に出るきっかけがあったということです。何かが起きているんですよ」

「オルネア手稿には、無から生命を生み出す秘術が書かれているって、ミルチャは言っていました。ダリエさんは、それが何かわかりますか」

「死者をも蘇らせる術が書かれているとも言われていますが……詳細は不明です」

エリカはなぜか背筋を冷たいものが走るのを感じた。ミルチャは、オルネア手稿が使われれば危険だから探していると言っていた。ダリエの話を聞けば、それはうなずける話だ。

だが、もしかしたら、別の目的の可能性もあるのだろうか……。

(……ミルチャは、いったい何をしようとしているの……？)

竜の角がうずいたような気がした。


ダリエは、結局ミルチャと会えなかった。ミルチャが部屋から出てこないのだから仕方がない。エリカはダリエを玄関まで見送った。

「また来てもいいでしょうか。俺はゴルネシュティ城の聖堂にいますから、何かありましたら連絡いただければ」

「わかりました。今日はご足労いただいたのに、ミルチャに会えなくて残念でしたね」

「……いえ。あなたにお会いできたのは、ミルチャの居場所がわかったこと以上の僥倖《ぎょうこう》です。あの。……ミルチャ抜きで、今度食事でも」

エリカは少しばかり思案した。この状況でなぜ食事をするという話が出てくるのか。

「せっかくの申し出ですが、今こんな頭をしていますから、外に出るのはできるだけ遠慮したいんです」

「……そう、ですよね。それはそうです。そうですよね……」

ダリエは見るからにがっくりと肩を落として繰り返した。

「あのでも、無事に全てが解決したら、是非」

「……ダリエさん、神職に就《つ》いているのに、世俗で食事などなさってもいいんですか？」

妙に食い下がってくるな、と思いながらエリカは尋ねた。

「聖堂騎士は、ブルガータ教の神官といっても、少し特殊な立場なので、大丈夫です。聖堂騎士は結婚もできるんですよ」

「……はあ……。マディール国教会とは違うので少し不思議な感じがしますね」

なんとなく会話がかみ合っていないような気がしつつもエリカは答えた。

「なので、ぜひ、検討してみてください！」

「……では、一応前向きに考えてみます」

ダリエはエリカの返事を聞くと、屋敷を後にした。

「……あーあ。お嬢様ったら、全然気づかないなんて……。相変わらずだわ……」

物陰から出てきたペトラがぽつりと言った。

「ペトラ。盗み聞きなんて、お行儀がよくないわ」

「盗み聞きじゃありませんよう。堂々と立ち聞きしてます」

「……あらそう。どこから聞いてたの」

「何かあったら聖堂に連絡くださいの所からです」

「要するに全部じゃない……」

エリカは二階へ続く階段へと足を進めた。

「ミルチャの所に行くわ」

「……でも、あの方、まだお部屋に籠もってますけど」

「かまわないわ」

エリカは二階の客間の一つ、ミルチャが占領している部屋の扉を開けた。

その部屋は、東向きに大きな窓が開いていて、元はペトラが綺麗に設《しつら》えていたが、今はあらゆるものが散乱している混沌《こんとん》とした空間になっていた。机には大きな紙が置いてあり、縦横《じゅうおう》に沢山の書きつけがなされている。ミルチャは、その部屋の寝台で仰向けになって寝っころがっていた。顔には伏せた本が載っている。

「ミルチャ、ダリエさんが来ていたことに気づいていたでしょう？　せっかくあなたを訪ねてきてくれたのに……」

エリカはミルチャの顔の上に載った本をよけて、寝台の上に座った。

「お会いすればよかったのに……」

ミルチャは目を開けた。寝起きなので当然眼鏡をかけていない彼の素顔は、驚くほど美しかった。にもかかわらず、着ている服はしわくちゃであるし、マウレールに切られて短くなった髪は、今は寝癖《ねぐせ》であちこち跳ねている。

「……何を聞いたの、ダリエから」

「……あなたのことをずっと捜していたって……」

「それから、歳をとらないって？」

エリカは黙り込んだ。

「エリカに知られてしまったな。わたしが本当はおじいさんだって」

「おじいさんでも若くても、ミルチャがミルチャであることは変わらないわ」

エリカの言葉に、ミルチャはのどの奥で小さく笑った。

「……きみも随分動じなくなったね。初めの頃は驚いてばかりだったのに」

「立て続けにこう不思議なことが起こるのでは、動じてばかりはいられないわ」

ミルチャはふうっとため息をついた。

「おじいさんだと知られてしまったから、エリカに結婚を申し込むのがためらわれるな」

「……まだそんなことを……」

「本気だよ。きみを初めて見たときから、命の輝きに引きつけられてならなかった」

碧《あお》色の目を縁取《ふちど》る銀色の長いまつげが少しばかり揺れた。ダリエはミルチャが百歳を越えていると語っていたが、とうていそれが真実とは思えなかった。

「ミルチャ。あなた、本当に、……百歳を越えているの？」

ミルチャはむくりと起き上がるとエリカを見つめてきた。こうして間近で見ると、なめらかな肌にはわずかなそばかすが散っているのがわかる。完璧な顔立ちに、瑕瑾《かきん》であるはずのそばかすは、むしろ人間的な魅力を添えていた。

「ダリエはなんて言ってたの？」

「エルデイ島がマディールに併合される戦争のときからいたって……」

ミルチャはエリカから視線を離すと、天井を眺めた。

「そうだね。そんな時代もあったかな。いろいろあったよ……」

ミルチャはゆっくりと口を開いた。

「わたしには年の離れた弟がいたんだ。マリオン。あの頃は、大変だったな」

唐突な言葉の意図をつかめず、エリカはミルチャの顔を見つめた。

「……弟さんも、魔法使いなの？」

「いや。魔法使いの存在は、もうエルデイ島には必要ないと思ったから、わたしは特に何も教えなかった」

「もったいないわ、あなたの弟なら、才能はあったんでしょう?」

「そうだね。でも魔法の力が人に幸せをもたらすとは限らないと、わたしはよく知っているから。わたしは、マリオンには幸せになってほしかったんだ。幸いにして、マリオンはわたしのように歳をとらないということはなかったし」

「あなたは、……歳をとらないのね」

「……そうだね。うらやましいと思う?」

「……わからないわ」

　エリカは正直に答えた。エリカは成人したばかりだし、歳をとるということ、とらないということが彼にとってどういう意味を持つのか、完全に理解しているとはいえなかった。

「マリオンは、わたしに似ず、真面目《まじめ》で賢い子だったから、学校でもモテモテで、大変そうだったな。マリオンと一緒に暮らした日々は本当に楽しかったよ」

　エリカはふと思い出した。ミルチャの屋敷にあった肖像画。やはり、あれに描かれていたのは、ミルチャの弟なのだ。

「だから、マリオンの結婚式は感慨もひとしおだったな。お嫁さんも可愛かったしね」

「一緒にお住まいになったの？」

「新婚家庭にお邪魔するわけにいかないだろ。余計なおまけがついてたんじゃうまくいくものもダメになるよ」

「それはそうよね、あなたが一緒に住んだら片付けが大変そうだし」

「だから、時々遊びに行ったよ。会いに行くといつも歓迎してくれて、その日は毎回楽しかったな。でもそれも、あの事故があってから……」

ミルチャはそこまで言うと、急に口をつぐんだ。

「……弟さんは……」

「わたしが看取《みと》った。あんなに小さかったのに、最期《さいご》はわたしを追い抜いて逝《い》ってしまった。わたしは……」

ミルチャは言うべき言葉を探すように唇をわななかせた。

「……わたしだけが置いていかれる。いつもいつも。これまでも沢山の人に出会って、沢山の人と別れた。だけど、あのときばかりは打ちのめされて、もう二度と誰とも関わりたくないと思った。変わっていく世界や、わたしを取り残して成長して老いて、亡くなっていくすべての生きものを、見ていたくなかったんだ。だけど……」

ふと、ささやきながら、ミルチャの手がエリカの頬に触れた。

「きみとはじめて図書館で出会い、話したときに気づいたよ。二十年の空白で、誰かと会うことに、話すことに、これほど飢えていたのだと。マリオンが亡くなったときに、もう誰とも関わりたくないと思っていたのにね」

その指が、エリカの顔をなぞりながら下へと動き、首から肩へと滑っていく。

「同時に、きみの命の輝きに魅せられた。生きているきみが、本当にまぶしかった」

「あのとき、そんなことを考えていたの？」

「おかしいね。会ったばかりだったのに。でもその考えは間違っていなかったと思う。舞踏会でアドリアンに言った言葉は本当だよ」

ミルチャはエリカを見つめた。

「きみは温かいな……」

ミルチャはそう言いながら、エリカに抱きついてきた。

「……み、ミルチャ……!?」

突然のことに驚いて、エリカが狼狽《ろうばい》の声を上げたが、ミルチャはその手を緩めようとはしなかった。

「……エリカ、ごめん、もう少しだけでいい、このままでいさせてくれ」

「だ、だって、そんな……」

思いもかけないことに、エリカは硬直したままミルチャの抱擁《ほうよう》を受けた。アドリアンと踊った時でも、これほど強く抱き寄せられたことはなかった。ミルチャの腕は力強かった。確かに、空へ駆け上がったときに、彼に抱き上げられ、しがみつきはしたが、それとは違う力強さだった。

「きみは生きてる……まだ、わたしのそばにいるんだ」

彼のつぶやいた言葉は、ミルチャの浸《し》みるほど深い孤独を、ふいにエリカに実感させた。

(……まだ)

そう、まだ。

ミルチャは、予感しているのだ。それが十年先なのか、五十年先なのかわからない、けれどもいつか訪れるはずの、エリカの死の瞬間を。その先も生き続けるであろう自分の存在を。

(そんな瞬間を、ミルチャは何度も経験してきたというの……)

それに耐えられる人がいるのだろうか。

……いや、だからこその二十年の沈黙だったのだ。数年ごとに住む家まで変えて、人を避けるように暮らして……。

エリカがそう思い至ったとき、ミルチャの腕が緩んだ。

「……ごめん、エリカ……驚かせてしまったね」

　そう言ってミルチャは身体を離し、薄く微笑んだ。淡雪《あわゆき》のような、消え入りそうな美しい笑みだった。

「……ミルチャ」

　エリカは、これほどまでに美しく、淋しい存在をほかに知らなかった。

（……そこまでして人を避けていたミルチャを、魔導書が動かした……）

　無から生命をも生み出すとも言われる、エルディイ島の秘宝、オルネア手稿。ミルチャは、それが盗まれたから追いかけていると言った。

（いったい、それは……）

　エリカがそう思ったときに、ミルチャがふと眉をひそめた。

「動かないで」

「……え？」

　エリカは思わず聞き返したが、ミルチャは両手を合わせて複雑に指を動かし、何かをつぶやき始めていた。

（……魔法）

　エリカにもわかった。ミルチャが魔法を使おうとしていると。

と、ミルチャが合わせていた両手を離した。向かい合わせにした掌《てのひら》の間に風が起こる。部屋中にある布と紙がぱたぱたと風を受けてはためいた。掌の間にぬめるような緑の光を宿した、短く黒い鏃《やじり》のようなものが次々と発生し、ぐるぐると回転し始める。ミルチャがふっと息を吹きかけると、その鏃はすごい勢いでエリカの背後に向かって飛んでいく。

ぱっと部屋中を照らす緑の光が閃《ひらめ》いた。エリカは振り返った。壁に、人間の影の形をしたタールのようなものがべっとりと張りついていて、そこにミルチャが吹きつけた緑の鏃が突き刺さっている。

「……出来損《できそこ》ないめ……。手稿を盗んだだけでなく、エリカに手を出すとは……」

ミルチャはこれまでにないきびしい目つきで壁をみつめた。

「……これは……!?」

エリカはその得体の知れないものをみて、背筋に薄ら寒いものを感じた。

「きみを追ってきたんだ。きみの中の竜の気配を。結界が張ってあるはずなのに……。ねえ、エリカ、最近体調に変わりはない？」

「……とくに……いえ、ちょっと腕が痒《かゆ》いような……」

「見せて」

ミルチャはエリカの腕をとると、服の袖《そで》をまくりあげた。自分の二の腕を見て、エリカは目を瞠《みは》った。何か、魚の鱗《うろこ》のようなものが腕一面を覆っている。黒光りするそれは、人のものとはとても思えなかった。

「これ……何なの。こんなもの、今朝まではなかったわ」

「……呪いが、進んでる」

ミルチャの言葉には硬い響きがあった。

「進む……？　呪いが進むってどういうこと」

「きみにかけられた魔法は、オルネア手稿があれば簡単に治せるが、なければ治すのが難しい。きみを図書館から急いでわたしの屋敷に連れていったのも、進行を止めるためだ。図書館では手の施《ほどこ》しようがなかったから。これまではわたしが進行を止めていたけれど……」

「進行するとどうなるの」

「……人ではないものになる。いや、その前に、幻獣たちがきみを食べ尽くすだろう。彼らは竜を求めてやまない」

エリカは思い出した。ゴルネシュティに来る前に、ミルチャが言葉を濁していたことを。

「……でも、手に入れた魔器具があれば、なんとかなるのでしょう？」

「……」

その沈黙は、とてつもなく不穏なものを宿していた。

「ミルチャ?」

「あれはただのフォークだよ」

「……なんですって」

エリカは愕然《がくぜん》として聞き返した。

「おそらく、ゴルネシュティ城が接収されたあと、どこかの段階で紛失したんだろうね。八十年もそのままだと思っていたわたしも愚かだったよ。このままではきみを戻せない」

エリカはミルチャを見つめた。

「……つまり、私はこのままでは人ではない何かになり、エルデイ島に巣くうよくわからない化け物に食べられてしまうというの」

「……すまない、エリカ。本当はその呪いはわたしが受けるはずのものだった。図書館で出会ったとき、きみが一緒に来たいというのを断るべきだったんだ。きみを見ていたいと、きみと一緒にいたいと、わたしがつい願ったせいで……」

エリカは、自分が震えていることに気づいた。ミルチャの言った事実の恐ろしさに、身体が反応していた。このまま、自分は化け物になってしまうのか……。

「オルネア手稿があれば、きみはかならず戻る。なんとかして手に入れる。めどはついているんだ。そして、わたしも……」

「……ミルチャ、あなた……いったい何をしようとしているの」

ミルチャは身じろぎもせずにエリカの言葉を受け止めた。

ミルチャは人差し指でエリカの額《ひたい》に触れた。

「それ以上は言わないで」

エリカは思わず口をつぐんだ。

「きみを巻き込んでしまってすまないと思う。エリカ。愛《いと》しいエリカ……。わたしを信じて。きみのことは必ず助ける。あれは、わたしがケリをつけなければならないんだ。あれはわたしが生み出した。……大丈夫、これまでもわたしは一人でやってこられたし、乗り越えてこられた。たとえ、わたしが……」

ミルチャの最後の一言を聞き届けないうちに、その人差し指から何かがはじけるのを感じた。

エリカの意識は、そこで切れた。

第四章

微笑みの暗殺者

スズランが萎《しお》れている。

窓辺に飾られていた花は、朝までは愛らしい姿を見せていたはずなのに、くったりと花瓶の縁《へり》に倒れ込んでいる。まるで、数日放置してしまったかのように。

「……おかしいじゃない」

エリカがつぶやくと、ぱたぱたと誰かが近寄ってくる足音がした。

「お嬢様っ！　お目覚めになったのですか!?」

ペトラだった。エリカは眼を瞬《しばた》いた。

「……どうしたの、ペトラ。血相を変えて」

「うわあん、よかったぁ、お嬢様あ」

ペトラがしがみついて泣き崩れてきたので、エリカは困惑《こんわく》した。ふと我が身を振り返ってみると、エリカはなぜか寝台に横になっていた。

（どうして寝ているのかしら。たしかミルチャと話していたのに……）

「ペトラ、ミルチャはどうしたの」

エリカが尋《たず》ねると、ペトラは顔を上げて、厳しい顔つきになった。

「あんな変人知りません！　ちょっと顔がいいからって、お嬢様をこんなふうにほったらかして出ていってしまうなんて」

「……出ていった……？」

「三日も前ですよ！」

「……三日」

　エリカは寝起きの頭でぼんやりと考えた。

「そうですよう。お嬢様、三日もお目覚めにならなくて、私もマウレールさんも気が気じゃなかったんですから！」

　エリカは、ペトラを見上げながら、呆然とした。次第に明瞭になってくる思考の中で、最後にミルチャと交わした会話が思い出されてきた。

　上腕に触れてみると、ざらついた鱗《うろこ》の感触が指先に残った。では、あれは夢ではない。

（じゃあ、私はあれから三日も眠らされていたってことなの）

　ペトラの声を聞きつけてか、マウレールまでやってきた。

　エリカは寝台から起き上がった。ずっと寝ていたせいか、急に起き上がるとくらくらした。マウレールが心配そうに声をかけてきた。

「お嬢様、急に起き上がっては……」

「病人ではないのだから、変に心配しないで」

　エリカは寝台から降りたが、ねまきを着ていた。ということは、おそらく寝ている間に着替えさせられたのだろう。であれば、腕の鱗を見られたに違いない。

二人が神妙な顔をしているのはこのせいだろう。

「ミルチャがどこに行ったかわかる？」

「……それが、一人でふらりと出ていかれまして、その後消息もなく……」

エリカは窓際《まどぎわ》の萎れたスズランを見た。ふと窓の外を見ると、なにか黒い影がずるずると這《は》っているのがわかった。それだけではなく、カラスが中庭の柵に何匹もとまっているのが見えた。以前はこんなものは見かけなかった。

（……幻獣たちが、私を食い尽くす）

ミルチャの言葉が脳裏に蘇った。では、あれは、幻獣だというのだろうか。そして、エリカを狙っているのか。

エリカは窓際に近寄ろうとしたが、それをペトラがとどめてきた。

「お嬢様、近寄ってはだめです。この屋敷の中は安全ですから」

エリカはペトラを見た。

「……ペトラ、あなた、ミルチャに何を言われたの。私があれに近寄ると、何が起こるの」

「……それは」

ペトラが言いよどんだのを、マウレールが引き取った。

「ミルチャ殿は、お嬢様をお助けすると言って出ていかれました。このままでは呪いが進行してしまうからと」

「でも、何も変わってないわ」

「……そうですな。お目が覚める頃には全てよくなるとおっしゃっておりましたが……」

「むしろ悪化してますよう。なんだか、カラスとか、黒っぽいぐにょぐにょとか増えてる気がするんです」

エリカは窓を開けようと突進したが、ガラスに触れたとたんに、静電気でも起きたときのようなぱちっという小さな衝撃が走って手を引っ込めた。

「だめなんですよ、外の悪い化け物が入ってこないように、お嬢様用に結界を張ったって……」

「つまり、どういうこと」

「お嬢様は屋敷の外に出られないということですな」

「マウレールやペトラはどうなの。誰も出られなかったら、みんな餓死してしまうわ」

「我々は大丈夫です」

「つまり、私だけここに閉じ込められているということ？　しかも、治すとか言っておいて、まったく治ってなくて」

「……そうみたい、ですねえ……」

ペトラはごにょごにょと言った。

つまり、ミルチャは、エリカに手出しをされたくないということなのだろうか。三日も眠らせるようなまねまでして。

あるいは、もしかして、オルネア手稿《しゅこう》を使って、誰かを……死者を蘇らせようとしているのだろうか。誰かを……。

（……弟さんを？）

そう考えるとつじつまが合う。かつてオルネア手稿を手にしていたミルチャは、その内容は知っているはずだ。それなのにそれを取り戻そうとしたのは、手稿そのものが持つ力を使おうとしたからだろうか。

（……考えられるのは）

弟が亡くなり、二十年孤独に耐えたものの、こらえきれなくなり、オルネア手稿を使うことを考えた。それで、図書館に取りに行ったが、それはダミーだった。

オルネア手稿を盗んだそれが誰なのか、皆目見当がつかない。それに盗んだ目的はなんなのだろう。

（……いえ、待って。ミルチャはなんと言ってた？）

……出来損《できそこ》ないめ、と。

(出来損ないって、何の？)

さらに、ミルチャはこうも言っていた。

……あれはわたしが生み出した……。

ダリエによれば、オルネア手稿は死者をも生き返らせる秘密が書かれているという。

(……まさか)

ふいによぎったひらめきは、おぞましい予想だった。

ミルチャは、もしかしたら、すでに死者を生き返らせていたのではないか。ミルチャはオルネア手稿の内容を知っているのだから。そう、図書館にオルネア手稿は預けたが、重要なものは写したと言っていたではないか。だが、おそらく失敗したのだ。それが……。

(……出来損ない)

その、出来損ないとやらが、ミルチャのもとから逃げ出し、魔法のプールであるともいう本物のオルネア手稿を盗んだとしたら。

(ミルチャは、自分が生み出した『出来損ない』を追っているというの……？)

導き出された結論に、エリカはぞっとした。

だが、その「出来損ない」とはどんな人物なのか。いや、そもそも人間なのか。

窓の外には、相変わらず多数のカラスが柵にとまっている。そのどれもがエリカを見ている気がした。エリカを狙うかのように。

(わからないことが多すぎる)

最後にミルチャと交わした言葉が思い出された。

……愛《いと》しいエリカ。わたしを信じて。きみのことは必ず助ける。あれは、わたしがケリをつけなければならないんだ。あれはわたしが生み出した。たとえ、わたしが……。

エリカはふつふつと怒りがこみ上げてくるのを感じた。

「……ふざけるんじゃないわよ……!」

ミルチャにくっついていって、呪いにかかってしまった。まあ、それはいい。いや、本当はよくはないだろうが、図書館でムキになってついて行ってしまった自分にも非はあるからだ。しかしである。当事者である自分を蚊帳《かや》の外に置いておいて、さっさと自分だけ行ってしまうとは何事か。しかも何一つ解決してない上に、外に出ることもできないなど、言語道断である。

「何が、愛《いと》しいエリカ、よ。きみのことは必ず助ける、よ。口先だけ立派で、何もできてないいじゃない」

エリカの口調に、マウレールが眉をひそめ、ペトラが目を見開いた。

「だいたいヘタレのくせに、自分一人で何とかしようと思うのが間違ってるわ。ちょっと魔法が使えるからって、何でもできると勘違いしてるのよ、あの人は！」

エリカは薬指を立てた。ミルチャにもらった指輪がそこには塡《は》まっている。呪文のように円周率を唱える。３・１４１５９２６５３５９。そして、拳を窓に向けて突き出した。

窓の外にわだかまっていた黒い影がふっと消え、カラスどもが一斉に飛び立った。

「こんなところでくすぶっていられない。絶対になんとかしてみせるわ！」

とはいえ、屋敷から出られないのは事実であり、たとえ一時、例の数字の呪文で幻獣を追い払っていたとしても、いつかはどうにもできなくなる日が来るかもしれない。

ペトラとマウレールが言っていたように、二人は苦もなく外に出られるのだが、エリカが屋敷の外に出ようとすると、見えない壁にぶつかったようにはじき飛ばされてしまう。

ミルチャについて知っている人物は、エリカの知っている中では一人だけだった。

エリカは、ペトラに頼んでブルガータ教聖堂会のダリエに屋敷に来てもらうよう手紙を届けさせた。内容を誰かに見られるとまずいので、ごく簡潔に、当屋敷に来てください、お願いがあります、とだけ書いた。返事はすぐにきた。その日の晩にダリエはやってきたのだ。以前は深緑色の神官服を着ていたが、今日はなぜか一張羅《いっちょうら》の黒のコートに白いベストまで着て、正装一歩手前である。まったく似合っていないのが残念であるが。

「お手紙をいただきまして、ありがとうございます。まさかこんなに早くお招きいただけるとは」

心なしか顔を紅潮させて、ダリエは嬉しげに言う。いったいペトラは何を言付けたのだろう。

「急にお呼び立てして申し訳ありません。実は少々困ったことになっていて……」

「……困ったこと？　食事に行くのに？」

「はあ……確かに食事には行けませんね。実は今、私は外に出られないのです」

どうして食事に行くことになっているのかわからないが、エリカは答えた。

ダリエを中に通し、ミルチャがいなくなったことと、エリカの仮説を説明すると、ダリエは緩んでいた表情を引き締めた。

「では、ミルチャはオルネア手稿に書かれた魔法を使って弟を生き返らせようとして失敗し、それの後始末をしようとしているということですか」

「あくまで私の推測ですが」

「……いや、あながち間違っていないかもしれません。ミルチャが姿を消したのは、身内を失ったショックから、とは以前から言われていましたから」

「でも、わからないこともあるのです。ミルチャがオルネア手稿の持ち主であり、内容を把握していたならば、どうして失敗してしまったのかしら」

「それは、おそらく魔力の問題でしょう。死者を生き返らせることが本当にできるとしても、それには莫大《ばくだい》な魔力が必要です。ミルチャほどの大魔法使いでも、足りないかもしれない。それには、きっとオルネア手稿そのものの持つ魔力が必要なのでしょう」

「私を戻せないのもそのせいなのかしら。たしかに戻すのは難しい、とミルチャは言っていたけれど」

「あくまで俺の推測ですが、ものを別のものに変化させるというのは、俺たち聖堂会の者が使う魔法とはまったく違います。聖堂会で使う魔法というのは、基本的に現状に変化を促《うなが》すものです」

「変化……」

「もう少し言うと、物体の持っている『速度』を変化させる。この世に存在する全てのものは、細かくしていくと、四つの元素に帰《き》します。我々の身体もそうですし、ここに存在する机や、服や、食べ物といったものも、分解していけば、この四つの元素になるといわれています。魔法は、この元素の動きを支配することで、現状を変化させる。水の動きを止めれば氷になるし、速めれば、水蒸気になる。風の速度を支配すれば空も飛べる、といった具合です。ちなみに、これにプラスして、エルデイ島では、竜が発するアイテールという第五元素が存在し、幻獣や妖精たちを構成しているわけですが……」

「知らなかったわ。魔法に関する事は秘密なのでしょう。……いまさらですけど、私に話してもいいんですか？」

「ミルチャがあなたに、他者に魔法のことを話せないようにしたというならば問題ないでしょう。彼の存在こそ、マディール人に知られてしまえば、とんでもないことになる。ミルチャが一番理解してますよ」

ダリエはそう言ってため息をついた。

「あなたにかけられた呪いについて、俺も少し調べました。あなたにかけられたのは、おそらく竜化の魔法。俺の知っていることは多くないですが、とても厄介なものです。かつて、エルデイ島では罪人に使われた魔法だとか」

「……罪人……？」

「術式は、実はそれほど難しいものではないらしいですが、禁呪に値《あたい》する魔法です。エルデイ島は竜の身体でできているというのは、おそらくミルチャに聞いたと思います。竜化の魔法は、その竜の中でも、人間を滅ぼそうとした邪悪なる黒竜の力を分けいただいて、人を竜へと変化させるもの。まさに、生命の秘密を記したオルネア手稿ならではの魔法と言えます。竜はこの島の全ての魔法力の源。竜化した人間は、才能のないものでも魔法を使えるようになるのです」

「でも、その代わりに、人ではなくなり、最後には幻獣に食われてしまうのでしょう?」

「はい。竜化した人間を、強力な魔力の供給源として使い、最後は幻獣どもに始末してもらう。とても効率のよい断罪方法だ。でも、あまりに非人道的であるとして、禁呪の一つとされたのです」

ダリエは息をついた。

「オルネア手稿を盗んだ奴は、本気でミルチャを潰《つぶ》しにかかったんだと思います。ミルチャは、現時点でエルデイ島に残されたおそらく最後の大魔法使いだ。並の魔法では解呪されるか、避けられてしまうでしょう。だからこそ、簡単に戻らない魔法を選んだはずだ」

エリカは、ミルチャがかつて説明してくれた言葉を思い出した。ジャガイモのポタージュからミルクだけを取り出すのは難しい……。

エリカは唇をかんだ。

「じゃあ、このままでは、私は元に戻れないというんですか」

「俺の推測では……、ミルチャがオルネア手稿の真作を求めているのは、『出来損ない』をなんとかするためでしょうが、あなたを助けるためというのも大きいでしょう」

「……私の？」

「ミルチャは、基本的に適当でへらへらした御仁《ごじん》ですが、情は深いです。何にせよ、あなたを見捨てることはありませんよ」

「……でも、もう三日も戻ってきません。マウレールによると、私が目覚めるまでに何とかすると言っていたらしいのに」

「……何か、トラブルに巻き込まれたのかもしれません」

エリカは考え込んだ。このままでは自分は屋敷に閉じ込められたまま、どんどん違う生物になってしまう。

（……ミルチャがどこにいるか、手がかりだけでも探さなくちゃ）

「ミルチャの部屋に行ってみましょう。何かヒントがあるかも」

二人はミルチャが滞在していた部屋に向かった。部屋は乱れているかと思いきや、ペトラが綺麗に掃除をして整えられていた。何かあるといけないので、捨てたものはないらしい。机の上に、小さな古びた本がある。エリカはそれを手に取った。

その中身は白紙だった。中をめくっていくと、うしろの方の頁《ページ》に文字が書いてあった。

「ロヴァーシュ文字……」

かつて、エルデイ島で使われていたという古い文字を、ダリエが読んだ。

「長き目覚めに死を……」

エリカは眉をひそめた。長き目覚め。エリカにもわかる。これは長寿であるミルチャを指す言葉だ。ゴルネシュティ城で見つけたのは、潜入の苦労をあざ笑うようなこんな書きつけだったのか。

エリカはもう一度その本を見返した。すると、先ほどとは違う優雅な筆跡で、エリカにもわかるマディール語で文字が書いてあった。

〝円周率　破邪
2の平方根
外に出るなら完全数〟

（……これはいったい何なのよ。円周率といえば、ミルチャに教えてもらった魔法ではあるけど……）

エリカは眉根を寄せた。おそらくミルチャのメモであろうが、訳がわからない。

「これでは何もわからないわ」

「どうにかして、ミルチャの居場所がわかればいいんですが」

「……ミルチャの……」

エリカは考え込んだ。何か方法がないだろうか。ミルチャが今何をしているかわかるような何か……。

「あっ」

「どうしました？」

「オペラグラス！」

「……は？」

エリカは部屋を出てペトラのもとへと向かった。

あの舞踏会の夜、ミルチャに借りたオペラグラスはそのまま返すのを忘れていた。もしも、まだ機能が働くならば、ミルチャの居場所もわかるかもしれない。

ペトラはオペラグラスを保管していてくれた。ただし、リネン庫の奥にしまい込んでいた。マウレールもやってきて、パーラーで四人で話し合う。

「だって不気味なんですよう。夜、皆寝静まった頃に、小さいけど変な音がしたりして」

音がする。ということは、まだ通じているということだろうか。

ダリエはオペラグラスを見て目を瞠った。

「これは、ミルチャのものですか。みごとな魔器具だ……」

「見てみるわ」

エリカは対眼レンズをのぞき込んだ。しかし、目を凝《こ》らしても真っ暗で、何も見えてこない。もちろん音もしない。エリカは瞬《まばた》きを繰り返した。

「何も見えないわ……。ペトラ、本当に音がしたの？」

「小さな音ですけど。最近はしまい込んでいたからわからないですねえ」

　ダリエが口をはさんだ。

「もしかして寝ている可能性も……」

「そうね。でも、ミルチャは夜になるほど活動が活発になってた気がするわ」

「そうそう、あの方、いっつも夜中に下手《へた》な鼻歌交じりにごそごそやっていましたよ！」

　もしかして、壊れてしまったのかも……という疑念が頭をよぎったが、エリカは執念深く対眼レンズをのぞき続けた。しばらくすると、何かが聞こえてくるような気がした。

（これは……鼻歌？）

　ときどきミルチャが歌っている下手くそなあのメロディが途切れ途切れに聞こえる。目を向ける先は闇。だが、よくよく見ると、黒い輪郭《りんかく》が見えてくる。どうやらそこは倉庫のような所だった。ごく狭い空間には窓もなく、隙間《すきま》なく並んだ箱が圧迫感を持って迫ってくる。よく見ると、柱の上には見たことのあるような紋が刻み込まれている。が、よく思い出せない。

（……どういうこと？　ミルチャはどこかに隠れているの……？　それなのになんで歌っ

てるの）

エリカはオペラグラスをのぞき続けた。一分経《た》ち、五分経ったが景色は一切変わらない。だが、かすかな鼻歌は消えなかった。エリカは確信した。

「ここから見えるのは、ミルチャの視界だわ。でも、すごく暗い……隠れてるみたい」

「何か動きがないと、どんな状況なのかわからないな……」

と、オペラグラスをのぞき込んでダリエが言った。

エリカはダリエからオペラグラスを受け取ると、また対眼レンズに目を当てた。変わらない景色に、視点は揺るぎもしない。

と、遠くから何か音が聞こえてくる。こつこつと地面を叩く音、それは足音で、少しずつ大きくなってくる。誰かがこちらに近づいてきている。

視線が動いた。扉がきしむ音と同時に光が差し込んだ。闇に慣れた目には、まぶし過ぎて何も形をとらえられない。瞬きを繰り返す先で、若い女の声がした。

「ふふ、だいぶいい感じにしなびてきたわね、エルデイ島の大魔法使いさん」

その声に聞き覚えがあるような気がして、エリカは耳を凝らした。

「おかげさまで。きみのように悪知恵が働かないお人好しだから苦労しているよ」

返す声はミルチャのものだった。では、オペラグラスは正常に働いているのだ。ミルチャは隠れているわけではないのだろうか。それではどうしてこんな所にいるのだろう。

「まあまあ。減らず口は相変わらずだこと。その有様では、魔法使いでも何にもできないのにねえ」

くすくす、と若い女の声は笑った。エリカは嫌な予感がした。この声はもしや……。

「下手に力があるからそれに頼るのよ。私のように何も持たないものは、知恵を絞るしかないもの」

目が慣れてくる。細い体に薄紅色のドレスを纏《まと》っている。金の巻き毛が肩に垂れていた。可愛らしいと表現するのがふさわしい顔立ちが、にこやかに笑みを浮かべている。

(……イ、イオアナ……!?)

エリカはあまりのことに、一瞬息を止めた。エリカから婚約者を奪った女、アドリアンの妻。どう考えてもミルチャと接点はない。

(どうしてイオアナがミルチャと……!?)

混乱するエリカをよそに、イオアナはミルチャに近づいてきた。布の手提《てさ》げを持っている。

「歳をとらない大魔法使いといっても、死なないわけではないものねえ。飲まず食わずであと何日もつかしら」

イオアナは極上の笑みを浮かべた。

「やることがえげつないな。とても貴族の妻とは思えないよ」

「私が生存し続けるためには仕方がないわ。でもね、あなたもいけないのよ？　舞踏会なんかに来たりするから……。あなたが舞踏会で私を見つけさえしなければ、ここまではしなかったわ。私のことを見つけたあなたが、いつ私を殺しに来るか、気が気ではないもの」

「……出来損ないめ……！」

ミルチャが唸《うな》るように言う言葉を、エリカは驚きをもって聞いた。

（……出来損ない。出来損ない、ですって……!?）

「あら、その呼び方やめてくださる？　私は今はれっきとした人間よ」

「違うだろう、出来損ない。おまえは単独では生存しえないからこそ、生き物に寄生して、次々と宿主を替えていった。最後にたどり着いた先が人間だったというだけだ」

「ミルチャ・アントネスク」

イオアナは可愛らしい声音で言った。

「オルネア手稿を使って私を生み出したのは、あなたの弟のマリオン・アントネスクよ。そういう言い方はひどいのではなくて？」

「おじさんをこんな所に閉じ込めておいて、可愛がってくれというのは無理じゃないかい、常識的に考えて」

「あらだって、あなた自由になったら私をやっつけちゃうつもりでしょう?」

　イオアナは小首を傾《かし》げた。

「あなたの魔法一つで私はこの世に別れを告げなくちゃいけないわ。それは避けたいの。そのために、私、たくさん考えたのよ」

「素直に認めるよ。おまえのやり口は正直驚嘆に値する。文字通りわたしを手も足も出なくさせたわけだからね」

「逆算すれば簡単なことでしょう。魔法を使うには、掌相《しょうそう》と詠唱が必要。ならば、手か口を封じればいい。そしてもう一つ、あなたはマディール人の前では決して魔法は使わない。なぜって、マディール人に、魔法の存在を知られてはならないからよ。というわけで、マディール人だらけの所であなたを捕まえることにしたというわけ。舞踏会で私の存在に気づいていても、知らんぷりしていたのは、マディール人に魔法を使うところを見られたくなかったからでしょう?」

「だから、エルデイ島総督の息子と結婚したのかい。常にマディール人が周りにいる環境ならば、わたしは手を出せないからね」

「か弱い私には、庇護者《ひごしゃ》が必要なのよ。強い強いあなたにはわからないでしょうね。でもね、アドリアンは予想以上に使い勝手のいい素敵な夫なのよ。なんといってもエルデイ島で一番えらい総督の息子ですもの。図書館にあったオルネア手稿を手に入れられたのも、アドリアンのおかげ。通常ならエルデイ人が入り込めない特別書架も、アドリアンが一筆書いたら扉を開けてくれたわ。おかげでゆっくりとダミー本を仕込むことができたわよ。ミルチャが私のところに来ることはわかっていたもの。でも、アドリアンが実際は、お父上である総督とは冷戦状態なんて、図書館の人が知っているわけないわよねえ」

「その冷戦状態の原因は、おまえが作ったんじゃないか」

「私のせいにしないで。私がこの身体に取りつく前から、アドリアンはイオアナにべた惚《ぼ》れだったのよ。イオアナも憎からず思ってはいたようだけど。私がイオアナに取りついて、アドリアンに優しくしてあげたら、彼、本当に嬉しそうで、幸せそうよ。あの氷のお面をかぶったご令嬢と一緒になるよりずっと幸せなんじゃないかしら」

「エリカのことをそんなふうに言うな」

「まあ、あのご令嬢に本当にご執心《しゅうしん》なのね。彼女もなんとかしちゃおうかしら」

「エリカは何も知らない、巻き込まれただけだ！」

「ふふ、そうみたいね。一応、調べたのよ、イオアナにとっては因縁《いんねん》のある人間でもあるから。驚いたわ。あなたの代わりに竜化の魔法にかかってしまっているなんて。あのご令嬢、このままでは自滅するわね」

「出来損ない。中途半端にオルネア手稿の魔法を使うな」

「オルネア手稿……。本当に素晴らしいものね。私みたいな生き物でも魔法が使えてしまうなんて。ほら、あなた、これを取り戻したいんでしょう」

イオアナは手提げから一冊の本を取り出した。それはさほど大きな本ではない。革製の表紙の本はひどく古びている。しかし、その表紙の真ん中に埋め込まれた紫の宝石は驚くほど輝いて見えた。

「舞踏会であなたを見て、心底驚いたわ。でもおかげであなたを捕まえる準備ができたのは幸いだった」

「わたしも、舞踏会に行ったおかげで、おまえが次期総督の妻の座に納まっていると知ることができたよ」

「怖いこわい。そんなふうに睨《にら》まないで。にらんでもあなたは何もできないわよ。舞踏会でのあなた、素敵だったわよ。でも、今の姿の方が素敵ね」

イオアナはうっとりとした表情で言う。

「ああ、ミルチャ。本当に素敵な姿ねえ、そうやって鎖で両手を塞《ふさ》いで繋いでおけば魔法も使えないただの人間だわ。弱い弱い私の気持ちも少しはわかってもらえるかしら」

ミルチャがのどの奥で唸るような声を上げた。

「よく言う。最近現れる夜の通り魔の黒幕はおまえじゃないか。確かに今は人間の姿をしているが、イオアナ嬢が食べるものでは、身体を維持できないはずだ。そう、人間に寄生《し》しているかぎり、おまえは人間を食さないといけない。だからオルネア手稿に書かれた使役《えき》の魔法で、哀れな物乞いを何人も使い魔にした。その使い魔に人を襲わせて、定期的に『食事』を運ばせていたんだろう」

「そういえば、舞踏会の夜、使い魔を一人あなたにつぶされてしまったわね。でもね、仕方ないでしょう。マリオンの中途半端な魔法が私をそういう生き物にしてしまったんだもの。寄生するものと同じ種類の生き物を食べないと、生きていけないようにね」

イオアナはため息をついた。

「つらいのよ、共食いをしないと生きていけないのって。でもしかたないわよね、生まれてしまった以上、生き続けたいと思うのは本能なんだから。中途半端な魔法を施《ほどこ》したマリオンを恨んで」

「だからといって、おまえを許せるものか！　おまえはわたしのマリオンを殺したんだ、わたしの弟を！」

ミルチャは叫んだ。それは血を吐くような叫びだった。

ミルチャの声を聞いて、イオアナは小さく笑いだした。その笑いはやがて哄笑《こうしょう》となり、部屋一杯に響き渡った。

「おじさま、素敵よ、最高だわ！　あなたのそんな声を聞くことができるなんて、私、嬉しくてたまらないわ」

イオアナは涙を浮かべて笑い続けた後、持っていた瓶の栓《せん》を開けた。

「さあミルチャ。もう三日もこうしているのだから、のどが渇いたでしょう。お水をあげるわ。沢山飲んで。飲めるならね」

そう言って、瓶を傾けると、中から水がこぼれ出した。水はミルチャの頭に注がれたらしい。視界がにじみ、その目がとじられたのか、何も見えなくなった。

エリカははっとしてオペラグラスから目を離した。

（……今のは、現実なの？）

エリカはもう一度オペラグラスをのぞいたが、もはや真っ暗で、音もしない。

舞踏会でのことを思い出すと、オペラグラスから見える景色は、確かにミルチャの視界から見えるものなのだろう。ならば、あの状況は……。

エリカは混乱する頭で、二人の会話を整理した。

（つまり、イオアナが諸悪の原因なの……？）

二人の会話から推測するに、オルネア手稿を用いてミルチャの弟が作り上げた、『何か』……生命体のようなものだろうか……が取りついたのがイオアナ、ということだろう。

しかも、イオアナは、マリオンを殺してしまったのだ。

そのイオアナは、我が身を守るためにアドリアンに近づき、オルネア手稿を図書館から手に入れ、自身の生命を維持するために人間を狩っていた。

ミルチャはそれに気づき、イオアナを追っていたのだ。だが、どういうわけか捕まってしまい……。

「お嬢様、何がお見えになったのですか？」

マウレールが尋ねてきたので、エリカはかろうじて答えた。

「……ミルチャが、イオアナに捕まっているわ。たぶん……」

ペトラはぽかんとした表情で聞き返してきた。

「イオアナって、アドリアン閣下《かっか》を略奪したあの許せない女ですか？　え、何で？　今度はミルチャさんまで略奪する気なんですか？」

「……どうしてそういう発想になるのよ……」

エリカはオペラグラスを通してみたことを、自分でも考えをまとめながら話した。

それを聞きながら、ダリエがみるみる顔色を変えてきた。

「それならつじつまが合う。このところの通り魔は、魔法の関与が疑われていて聖堂騎士団でも頭を悩ませていたんです」

「人を使い魔にしていたと言っていたけれど、そんなこと可能なのかしら」

「オルネア手稿があればできるでしょう。その、作り上げられた生命体に寄生されたとしても、イオアナ自身はエルデイ人だ。オルネア手稿の魔力があれば、そこに書かれた魔法を使うことは可能だ」

「……でも、どうやってミルチャを捕まえたの？　舞踏会でも見たけれど、ミルチャはああ見えてすごく強かったわ。普通に考えて、捕まえることなんて難しいと思うけれど……」

「ミルチャがマディール人の前では基本的に魔法のことを話さないし使わないというのは本当です。イオアナの言っていたとおり、おそらく周りにマディール人がいるところで捕まったのでしょう」

ダリエは言った。

「その割には私たちにはべらべら話しているようにみうけられますが」

マウレールが控えめに口をはさんだ。

「それは、他言無用の魔法をかけているからだし、何よりエリカさんの身を守るために必要だからでしょう。会うマディール人全てにその魔法をかけるわけにはいかないですからね」

「それはそうよね……」

と、ペトラ。エリカは疑問を口にした。

「でも、マディール人が多い所って、どういうことかしら」

「あ、そういえば、お嬢様が倒れた頃に、新聞記事がありましたよ。あのにっくきイオアナがお手柄、なんて記事があったから、腹が立ってしまって」

「どんな記事なの、ペトラ」

「なんでも、イオアナが最近はやりの通り魔のターゲットにされたらしいんですよ。それで、あらかじめ人気《ひとけ》のない所に警官隊を隠し配備したあと、一人でわかりやすく行動して、そこに誘い込んだらしいんです。それで、犯人がご用になったとか」

「それだ！　舞踏会でミルチャはイオアナの正体がわかったはず。イオアナは、近くミルチャが自分を狙うだろうことを予想したから、先手を打ったんだ。警官隊はもちろんマディール人だから、ミルチャは手も足も出ない」

「でも、ミルチャがいたのは倉庫のような、拘置所よりもずっとひどそうな環境の……」

「それなのですが、お嬢様。新聞記事には続きがございまして、捕まった犯人が結局拘置所から逃走したというオチがついているのでございます……」

「それは、逃走したんじゃないでしょうね。拘置所から連れ出したんですよ。イオアナは言ってみれば次期総督の妻だ。権威を振りかざせば何とでもなる」

「……すごい悪知恵。やっぱり私、あのイオアナって女、嫌いです！」

「悪知恵どころじゃないわ。よくわからなかったけど、ミルチャは手を使えないようにされていたようだし、食事だって……」

「魔法を使えないように、か。掌相が使えなければ、いくらミルチャだって何もできない」

　ダリエの言葉に、マウレールがため息をついた。

「つまり、全ては繋がっていたということですか。ミルチャ殿の弟が作り上げた化け物が元凶の。あの駆け落ち騒動すら、アドリアン殿下の権威を手に入れたいイオアナ嬢の策略であった、と」

「確かに、総督の身内っていうだけで、エルデイ島ではかなり無双ですよねえ。アドリアン様は超ボンボンでぽやっとしてらっしゃるから、そういうふうに見えないですけど」

　エリカは唇をかんだ。

　つまり、そういうことなのだ。狡猾《こうかつ》なイオアナ。ミルチャもエリカも、彼女の掌の上で踊らされていたのだ。けれども、それに感心している場合ではない。捕まっていたミルチャは、かなり弱っていたのではないか。ミルチャに万が一のことがあれば、エリカだって元に戻ることはできない。なんとかしなければ……。

「……逆に考えるのよ。ここまで周到に用意しているということは、それだけミルチャを恐れているということでもあるわ」

エリカは言った。

「だとしたら、最大の脅威であるミルチャが自分の手元にあるのだから、少しは油断しているはず。チャンスがあるとしたらそこよ」

考えをまとめながら、エリカはぶつぶつ言う。

「ミルチャを助ける。イオアナをやっつける。そして、オルネア手稿も取り戻す。この三つをなんとか達成しなくては」

「……それは、なかなか難易度が高いですな……」

マウレールが物憂《ものう》げにつぶやいた。ペトラが尋ねてきた。

「でも、お嬢様は外に出られないんですよね。どうやってミルチャさんを助けるんですか」

それは難題だった。エリカを狙う幻獣を防ぐために作られた結界だというが、どうすれば破れるのだろう。

「ダリエさん、なんとかなりませんか」

エリカが尋ねると、ダリエは難しい顔になった。

「ミルチャの結界を、俺が壊せるとは正直思えないな。構成はわかるんですが、これを崩すには、俺の力が足りない……」

エリカは考え込んだ。

「教えてもらった魔法じゃ、幻獣を追い払うことしかできないし……」

エリカの言葉をとらえて、ダリエがぎょっとしたように聞き返してきた。

「ミルチャに魔法を教えてもらった？　マディール人のあなたが!?」

「……ええ、一応ですが。なんでも、竜化しているから特別と言っていました。でも、おまじないっぽくて、魔法という気はしませんが……」

ダリエの驚きように、エリカはすこしばかり面食らった。

「それほど特別なことですか」

「特別ですよ。エルデイ島の魔法は、主《おも》に口伝《くでん》で受け継がれてきました。先の戦争で魔法使いたちと共に多くが失われましたが、ミルチャはその貴重な技をいくつも知っている。でも、決して俺たちには教えようとしません。ましてあなたは魔法を使えないはずのマディール人だ。いったいどんな魔法を教わったんですか」

「……数字を数えるようなものですが」

「もしできたら、その魔法を見せてもらえませんか」

言われるままにエリカは指輪の嵌まった薬指を立て、数字を数える。そして、拳を突き出す。いつも通り、何も特別なことは起こらなかった。しかし、ダリエは、エリカの動きを見つめて目を丸くした。

「円周率を詠唱に……!?」

「私はロヴァーシュ語をしゃべれません。ですが、数字の概念はロヴァーシュ語もマディール語も同じだからそれを応用すると言ってました。あと、この指輪を預かって……」

ダリエはエリカの左の薬指に嵌まった指輪を見ると、目の色を変えた。

「それは、封魔具の一種ですよ」

「……え？　魔法を使うためのものではないの？」

「違います。鉛《なまり》でできた装身具は魔法を弱めます。これはめっきをしてありますね」

エリカは指輪を見た。魔法を弱める？　何のために？　そもそも、マディール人のエリカは魔法を使えないから、それを使う補助にこの指輪をよこしたと思っていたのだが。

「……外してみたらどうなるのかしら……」

「やってみないとわかりませんね……。しかし、数字か……。考えたな。確かにそれならば、竜に通じるかもしれない」

「竜に通じる……？」

「エルディ島の魔法は、すべてこの島を形成する竜の力を借りるものです。だから、竜に通じる言語で語りかけ、お願いするのです。これこれこういう力を貸してくださいと」

「それがロヴァーシュ語の詠唱なんですね」

「そうです。おそらく、数字の特定の配列が、竜に通じる語りかけになるのでしょう。暗号のようなものです。しかし数字の概念を使って竜に語りかけるとは……」

「では、円周率以外にも、呪文として使える数字配列があるということですよね？」

エリカはだんだんわかってきた。

「あるはずです。数字の並び方の法則が、何かを意味する……」

「もしかして、さっきのほとんどの頁が白紙の本にあったメモは、それなのかしら」

エリカは思い出す。

（円周率、破邪　2の平方根、外に出るなら完全数……）

「その可能性はあります」

「やってみます」

エリカは指輪を外して左手を見た。何か変化はあるだろうか。エリカは魔法を使ってみることにした。左の薬指を立てる。

とりあえず、慣れた円周率を唱えてみる。

「3．1415……」

（……え、何？）

数字を数え始めると、急に身体がざわつく感じがした。これまではなかった感覚だ。肌が総毛立ち、頭に……具体的には例の角のあたりにびりびりと痺《しび》れが走る。

「9265」

それは、エリカが感じるだけではなく、目にも見える変化だったのだろう。ペトラたちがエリカを驚いたような目で見てくる。

「359」

最後の数字を口にし終えると、立てた薬指がほんのりと光っているのがわかった。

（……力……！）

それは、薬指に集まった力だった。エルデイ風に言えば魔力とでもなるのだろう。エリカは薬指を握りこむと、拳を突き出した。それは物理的な力を伴って、風となって空間を通り過ぎ、屋敷の窓を破壊した。ガラスの砕ける音が響いた。

「……うっそぉ……」

ペトラがつぶやいた。四人は呆然と壊れた窓を見た。窓の外にいたカラスや黒い影も一掃されている。

エリカはあっけにとられて自分の掌を見た。どうしてこんなことができるのか。

ふと、二の腕のあたりがむずむずするような気がしたので、服の上から触ってみる。

（……鱗が、広がっている……）

ということは、魔法の使用と、竜化の進みは関連性があるということなのだろう。おそらく、魔法を使えば使うほど、竜化が進むのだ。

（……だから、ミルチャはこの指輪をくれたのね）

「すごい……マディール人が魔法を使えるなんて……」

ダリエが呻《うめ》くのが聞こえた。

「これが竜化の……」

「あのメモの通りだとすると、完全数、というのを唱えれば外に出られるということかしら」

「可能性はあります」

……では、ミルチャは、自分が戻ってこられない可能性も考えて、書き記していったということだろう。２の平方根というのもおそらく魔法になるに違いない。

「このまま屋敷にいて祈っていても何も起こらないでしょう。ミルチャに万が一があれば、それこそ私は破滅です。ここは賭けに出るところだわ。ミルチャを助けます」

第五章

エルデイ島の大魔法使い

翌日、エリカとダリエ、それにペトラは屋敷を出た。

マウレールが調べた完全数なるものを唱えると、ミルチャの結界はあっさりと消え去った。ちなみに、完全数は、知られているだけで何十個もあるが、最初の四つを唱えただけで結界は消えた。そういえば、以前もミルチャが言っていた。長く詠唱できればそれだけ術の完成度は高くなるが、バランスをとれば、ある程度でも十分な効果があると。マウレールが用意した箱馬車をダリエが操り、エリカとペトラが中に乗る。ペトラが創意を凝《こ》らして角を目立たなくした髪型に、訪問着のドレスを身に纏《まと》っていた。ペトラもそれなりの格好だ。なぜなら、エリカたちはアドリアンの屋敷に向かっていたからだ。

エリカは左薬指に塡《は》まった指輪を見る。一度は外したものの、なしだと魔法の力が強すぎて、ちょろちょろやってくる幻獣を追い払うには却《かえ》って不便だった。それに、竜化を防ぐ意味もある。銀色の台に、碧《あお》色の石がゆるりと輝くその指輪は、ミルチャの眼を思わせた。向かいに座ったペトラが口を開いた。

「ミルチャさん、大変ですね。ああいう性格の悪い女に捕まると悲惨だっていういい例ですよねえ」

「心配よ。だってろくに食べ物ももらってないみたいなんだもの」

「そういうところに性格の悪さが出てますよ。弱るのを楽しんでいるわけですよね。私がイオアナの立場だったら、宿敵がでてきたらさっさとやっつけちゃうと思うんですけど。だってすごい魔法グッズがあるわけでしょう？」

ペトラにかかると、オルネア手稿《しゅこう》も魔法グッズにされてしまうらしい。

「私は中を見たわけではないけれど、以前ミルチャが言っていたことと、ダリエさんの話と現状を考えるに、オルネア手稿には、いわゆる攻撃に使われるような魔法は載《の》ってないはずなの」

魔法力のプールでもあるというオルネア手稿を持っているのであれば、知識さえあればどんな魔法も使えるはずだ。攻撃的なものも。しかし、イオアナはそれをしていない。使い魔を繰って人を狩るぐらいである。ミルチャを捕らえるのも、随分遠回りな手段を使っている。竜化の魔法。マディール人の警官隊を使っての捕縛。つまり、イオアナ自身の魔法に関する知識はおそらくオルネア手稿に書かれたものだけであり、攻撃的な魔法は使えないと考えてよいだろう。

「要するに、トラップをかけることしかできないのよ。だったらイオアナ本人には何の力もないと思っていいわ」

「でも、お屋敷にあの女の使い魔がいたらどうするんです？」

「仮にも総督の息子の屋敷よ。そんなところに、得体の知れない人間は出入りさせないでしょう」

「それは、そうですねえ」

「イオアナにとってアドリアンの屋敷は安全な巣よ。巣の周りはガードを固めているかもしれない。でも中に入ったら、そこにいるのは、むき出しの一人の人間よ。それならば勝機はあるわ」

そう、それがエリカの強みでもあった。一般人ならば、総督の息子アドリアンの屋敷に近づくこともできないだろう。だが、エリカは元婚約者であり、エステルハージ家の人間だ。総督の息子であるアドリアンの屋敷を訪ねることに何の障害もない。

だいたい、エステルハージ家の人間であって、得したことなどほとんどないのだ。こういうところで使えるものを使わずして、どうするというのだ。

「ですよね、あの女ムカつくんですよね。あの女のせいで、どれだけこっちが大変な目に遭《あ》ったか、会ったら言ってやりたいことリスト作ってしまいましたよ」

「……あなたも、随分時間に余裕があるのね……」

「もし会ったら、リストを読み上げてやろうかしら」

「計画に差し障《さわ》りがないならね……」

「了解です。ばっちりやっつけちゃいましょう!!」

エリカは、真っ暗な部屋に閉じ込められているミルチャを思った。あれから、例のオペラグラスはうんともすんともいわない。ミルチャの視覚や聴覚に依存しているようなので、意識を失っているのだろうか。おまけに、魔法を使えないように、手を封じられていたようだ。

（……ひどいわ）

エリカはムカムカした。閉じ込めるようなことをするイオアナにも怒りを覚えたし、同時に、一人でどうにかしようとしたミルチャにも腹が立った。

（どうして私を置いていくの。さんざん結婚しようなんて言っておいて。相互の信頼関係なくして結婚なんてできるわけがないじゃない）

相手はエリカとも因縁《いんねん》のあるイオアナである。もしも少しでも相談してもらえれば、手を貸すこともできただろう。それなのに……。

（……それとも、これまでも、何かトラブルがあっても全て一人でこなしてきたの？）

ダリエの話では、ミルチャの力を求める者は少なくないようだ。何らかのトラブルがあってもおかしくない。最後にミルチャと話していたとき、なんと言っていただろうか。

……これまでもわたしは一人でやってこられたし、乗り越えてこられた……と。

そこまで考えて、エリカはふと思った。

（自立……）

ある意味、ミルチャは完全なる自立を成し遂《と》げていた。エリカの目指す、誰の手も借りず、一人で生きる道だ。だが、その先にあるのがあの孤独だというのだろうか。

（……ちがうわ）

さしのべられた手を振り払って走り去らなくてもいいはずだ。認め合いながら、自分たちの足で目的へと共に歩むこと、それは依存とは違うはずだ。

「……バカな人……」

エリカはぽつりと言った。

彼の人生にこれまで何があったか、エリカは知らない。長い間にきっと沢山のことがあったに違いない。……一人で、全てを乗り越えなくてはならないと、思わざるをえないようなことが。

（だからといって、今、目の前にある手を振り払わなくてもいいでしょう？　少なくともこの困難を乗り越える同志ではあるはずだわ……）

たとえ、それが、微々たる力であったとしても。

ミルチャともう一度会えたなら、それを伝えなければならない。

アドリアンのタウンハウスは、ゴルネシュティでも裕福な人々の住む一角にある。タウンハウスといえば、貴族であっても通常は集合住宅であることが多いが、アドリアンの屋敷は小さいものだが独立した建物だった。舞踏会で言っていたことが本当ならば、経済的に少々困っているはずだが、外から見る限りでは、総督の息子としての体面は十分に保たれている。

ミルチャは、ここにいるはずだった。オペラグラスで見た時にははっきりと思い出せなかったが、ミルチャが閉じ込められていた部屋の柱に刻まれていた紋章は、ヴァーシャリ家のものだ。アドリアンの屋敷でなければ、アドリアンの父のヴァーシャリ総督の屋敷の可能性もある。しかし、イオアナがアドリアンの妻であっても、舅《しゅうと》の屋敷にミルチャを閉じ込めるのはなかなか難しいだろう。ましてや、ヴァーシャリ総督が、イオアナとアドリアンの結婚をよく思っていないとなればなおさらだ。

屋敷にたどりついたエリカが戸を叩くと、お仕着せ姿の執事が中から出てきた。言づてを頼み、しばらく待つと、エリカとペトラを中に通してくれた。ダリエは馬車と共に厩《きゅう》舎《しゃ》に向かっていった。

「随分あっさり通してくれましたね。何を伝言したんですか」

「先日のダイヤモンド鉱山の投資について、アドリアンと話したいとお願いしたの」

「……なるほど、それならアドリアン様はとびつきますね」

ペトラはうなずいた。

エリカは応接室に通されるが、ペトラは半地下の使用人たちの控えの間で待つことになる。とはいえ、休憩時間でもなければ、昼間はたいてい忙しいので控えの間に使用人がいることもない。エリカはささやいた。

「さあ、ペトラ、よろしくね。ミルチャをきっと見つけ出して」

「お任せください！」

ペトラは、外にいるダリエと控えの間で落ち合うことになっている。エリカが引きつけている間にミルチャを捜してもらわなければならない。

ペトラがエリカに仕《つか》えるようになったきっかけは、とある事件にある。ペトラはもともと勤めていた仕立屋を醜聞《しゅうぶん》騒ぎで追い出されたのだが、エリカが拾って侍女として雇ったのだ。しかし、ペトラには秘密があった。ペトラは、かつてマディールの盗賊団に属していたのだ。貧しかったペトラの両親は、彼女を盗賊団に預けたらしく、物心ついたときにはすでにその一味として泥棒の片棒を担《かつ》ぐ暮らしをしていた。しかし、ペトラはその生活に疑問を抱くようになった。盗賊団から足を洗い、仕立屋で働いていたのだが、かつての仲間が訪ねてきて戻るように迫ったのである。彼は、きっぱり断ったペトラへの腹いせとして、醜聞騒ぎを起こしたのだ。あげく、エステルハージ家にも侵入しようとしたのだが、結局ペトラが捕まえて事なきを得た。全てを知ったエリカだったが、変わらずペトラを雇い続けた。以来ペトラはエリカに忠誠を誓っている。

そんな経歴を持つ彼女であるから、今回の計画では、ミルチャを捜し出す役を任されていた。大体の建物の構造はわかるし、鍵も開けられる、とは本人の弁である。

応接間は図書室を兼ねているようだが、壁に作りつけられた本棚の大きさの割に蔵書は少なかった。置いてある家具も、長椅子にティーテーブルぐらいで、質素なものである。見かける使用人も少ないから、立派な建物の外観に反して、中身は少々さみしさを感じた。アドリアンの言う経済危機も、あながち嘘ではないようだ。

お茶とお菓子を出されて待っている間、エリカがそんなことを考えていると、アドリアンがやってきた。

「やあ、エリカ！　わざわざ我が家に来てくれるなんて嬉しいよ。ありがとう！」

「……アドリアン。約束もしていないのに突然来てしまって、ごめんなさい」

「いいんだよ、そんなこと。今日はたまたま用事もないしね。それより、例の投資の話に興味が出たって本当？　嬉しいなあ」

アドリアンは、すでにエリカが投資話に乗ると決めたかのような満面の笑みである。この単純さがアドリアンのよいところであり、また、弱みでもあるのだ……。

「今度こそ、絶対ダイヤモンドが見つかるよ。そうなれば、僕らの所にまわってくる利益は莫大《ばくだい》なものになる。エリカだって安泰だよ」

エリカは無理矢理口角を笑みの形に持ち上げた。そんなにうまくいくわけないでしょう、と言いたくなるのをかろうじて飲み込む。

ふと、エリカが気配を感じて戸口に目線をやると、淡いオレンジ色のドレスの裾《すそ》が揺れているのが見えた。

「まあ、奥様、イオアナ様ですね？　先日は舞踏会でご挨拶《あいさつ》いただきありがとうございました。お言葉に甘えて、訪ねてきてしまいました」

エリカはすかさず声をかけた。イオアナがエリカの状況をどこまで知っているかはわからない。しかし、これまで敬遠していたアドリアンの屋敷にエリカが来たことで、何かを察するだろう。ここでミルチャの所に行かれてしまってはたまらない。

イオアナが入ってくる。何の表情もなかった顔に、急に可愛らしい笑みが浮かんだ。

「エリカ様、ようこそおいでくださいました。嬉しく思いますわ」

「急に来てしまってごめんなさいね」

「いいえ、よろしいんですよ。……お加減は、よろしくて？」

「……え？」

「いえ、その素敵なヘッドドレスが少し重そうに見えたので……。この間もとても素敵でしたわね」

イオアナはそう言ってエリカの方へと歩いてくる。

（……気づいてる）

イオアナの言葉は、明らかにエリカの竜化について示唆《しさ》していた。

「アドリアン、例のお話について、資料を見せていただけないかしら」

エリカはアドリアンに声をかけた。

「もちろんさ。用意してくるから、少し待っててくれる？　よかったらイオアナと話してて」

アドリアンはホクホクした顔で部屋を出ていく。

アドリアンが部屋の扉を閉めたのを見届けて、イオアナは口を開いた。

「よくいらっしゃったわね、エステルハージ家のエリカ様。舞踏会の時よりもずっとりりしい表情におなりね。竜化はどこまで進んだのかしら」

可愛らしい声は変わらないが、その言葉にはもはや飾りはなかった。

「あなたのおかげで大変な目に遭ってしまいました」

エリカは言った。

「あなたが何なのか、そして何をしたのか、もうわかっています。ミルチャを返して。それからオルネア手稿も」

イオアナはさすがに驚きの表情を浮かべた。

「……単刀直入ですこと。どうやって知ったのかしら」

「わざわざ手の内を明かす必要はないでしょう」

「それは、そうね。でも、だからといって、せっかくこちらにあるものを渡すわけにはいかないわ」

「アドリアンにあなたのことがバレたらどうなるかしら」

エリカの言葉に、しかし、イオアナは優しげな声で返した。

「あら、その言葉、そっくりあなたにお返ししますわ。今の私とあなた、どちらがより化け物に近いかしら。うまく隠してあるけれど、その角も、腕の鱗も、とても人のものとは思えなくてよ？　そして、妻の私と、元婚約者のあなた。アドリアンはどちらを信じるかしら」

エリカは服の下の鱗がざわめくのを感じた。

「エリカ様、少しお話ししましょう。私たち、お互いについて理解することも大事ではないかしら」

イオアナはそう言って席を勧《すす》めてくる。エリカは一瞬考えた。イオアナの狙いは何なのか。だが、ペトラとダリエがミルチャを見つけ出すまで、時間を稼ぐことは必要だった。

エリカはソファに座った。

「ありがとう、エリカ様。それにしても、あなたも災難ね。ミルチャに関わったばかりに、そんな姿になってしまって」

「あなたがオルネア手稿を盗んだのが始まりじゃない」

「では、どうして私がオルネア手稿を盗んだと思うの？」

「……それは」

エリカが口ごもると、イオアナは笑みを浮かべた。

「身の上話をしましょうね。もしかしたらあなたも知っているかもしれないけれど、私という生き物を作り上げたのは、マリオン・アントネスク。ミルチャの弟よ」

それは知っていた。オペラグラスでのぞいた際の会話で、二人はそう話していた。イオアナは日の差し込む窓際《まどぎわ》に向かってゆっくりと歩いた。

「もしも、魔法を極めたミルチャが私を作っていたら、また違う結果だったかもしれないわ。でも、私を作ったのは、才能はあっても、魔法使いとしての経験はない、彼の弟だった……」

エリカは、イオアナが言おうとしていることの意図がつかめずに、眉をひそめた。

「マリオンはね、ミルチャの持っていたオルネア手稿を使って私を作り上げたのよ。マリオンは妻を深く愛していたけれど、彼女は病《やまい》で先に亡くなってしまったの。そして……」

エリカは息をのんだ。

（……まさか）

「そう。マリオンは、オルネア手稿を使って、自分の妻を取り戻そうとしたの。でも、それはうまくいかなかった……」

窓際に立つイオアナは、ガラス越しに差し込む日の光に目を細めた。

「幾体もの『生命体』を作り上げたけれども、満足な結果をえられたものは、一つもなかった……」

そこまで言うと、イオアナは振り向いた。

「ただし、私は逃げ延びることができたの。単独では生き延びられない、ちっぽけな生命体だったけれど、偶然にも、生物に寄生するという方法で。最初はたまたま近くにいたネズミ。嬉しかったわ。自由に動ける身体を手に入れられたんだもの。それで私は……」

「マリオンを殺したのね」

エリカは言いながら、冷たいものが胸に落ちるのを感じた。

「まあ、そんなことまで知っているの？　そう、そのとおり。ネズミがどうやって人間を殺したのか？　そんなに難しくないのよ。火のついたろうそくを倒したの。マリオンめがけてね。あの日は寒かったから、マリオンも厚着をしていたの。着ていた毛織物に引火したら、あとはあっという間だったわ。かわいそうなマリオン……」

イオアナはうっすらと口角を上げた。

「ミルチャが気づいたのは、すべてが終わった後。ミルチャもかわいそうだったわね。最愛の弟を失って、その嘆《なげ》きときたら……」

「あなたは……！」

「だって、仕方ないでしょう、そのままでは私は処分されてしまうかもしれないもの。実際、マリオンのしたことを知ったミルチャは、その痕跡をすべて処分したんだもの、逃げた私は正解でしょう？」

「そして、ミルチャはオルネア手稿が二度と使われることがないように、王立図書館に預けたのね」

「そういうことでしょうねえ。一方、私はミルチャに気づかれることなく、ネズミの姿のまま逃げ延びたの。宿主を替えながらね。ネズミから、それを捕食しようとしたネコ。次にネコを飼っていた人間に取りついたの。知識は、宿主の知能に比例して蓄積される。それこそ、何十年もかけて、私は人間並みの知性を手に入れたのよ」

イオアナの言葉を聞きながら、エリカはふと疑問が生じるのを感じた。

つまり、彼女は逃げ出したあと、何十年も、ミルチャに気づかれずに生き延びたのだ。ミルチャは、どの時点で気づいたのだろう？

（……ああ、そうか。通り魔……）

オペラグラスでのぞいたときに、イオアナは言っていた。マリオンの不完全な魔法のせいで、共食いをしなければ生きていけないと……。

（事件については、新聞記事にもなっているし、巷《ちまた》で噂になっている。マディールにいる母が知っているくらいだもの。ミルチャだってどこかで知ったはずよ。そして理解してしまったんだわ。マリオンの作り上げた生命体が、通り魔として人間を襲っていると……）

「つまり、ミルチャのやっていることは、出来の悪い弟の後始末なの。でもねえ、ひどいじゃない？　勝手に私を生み出しておいて、役に立たないからといって、始末しようとするなんて。生きたいと思うのは生命としての本能でしょう。ならば、私は全力で抵抗するわ。間違っているかしら」

エリカはイオアナを見た。その表情からは生きようとする強い意志を感じ取ることができた。

「……いいえ、私があなたの立場だったら、同じように理不尽だと思うでしょうね」

「わかっていただけて嬉しいわ」

「でも、だからといって、作り手を殺しはしないわ……！」

エリカの声に込められたものを、イオアナは感じ取ったらしい。

「……あなたが私の立場になったとしたら、そんなこと言っていられないでしょうね。きれいごとを言えるのは、あなたが恵まれた立場にいるからよ」

ぽつりとイオアナは言った。

「そうして、私は最後にイオアナにたどり着いた。人として生きるのにもっともふさわしい容《い》れ物に」

誰もが惹《ひ》かれる可愛らしい容姿のイオアナ。人工的に作られた生命が生き延びるために選んだのは、屈強な戦士でもなければ、英明な頭脳を持つ学者でもなかったのだ。

「ミルチャがいずれ私にたどり着くことはわかっていたわ。だから、私は先回りをした。なにより、アドリアンと結婚できたのは大きかったわね。とても動きやすくなったわ。そして、オルネア手稿を手に入れられた。それでようやく、ミルチャに対抗できる力を我がものにすることができたのよ」

エリカの人生を変えた婚約破棄ですら、イオアナの策略の一つに過ぎなかったのだと思うと、ため息が漏れる。

「自分の人生がかかっているの。だから、あなたに、ミルチャとオルネア手稿を返すわけにはいかないの。ごめんなさいね」

イオアナは悪びれた様子もなく、にこやかに言った。

「そういわれても、私も人間に戻らなくてはならないから、あきらめるわけにはいかないわ」

「でも、お似合いよ、その姿。とても可愛らしくて、愛嬌《あいきょう》すら感じられるわ」

エリカは、その言葉にムッとしながら答えた。

「ありがとう。おかげで魔法の世界に足を踏み入れることができたわ」

「竜化の魔法は罪人にかける魔法……。エリカ様にそんな魔法がかかってしまうなんてね」

イオアナは愉快そうに目を細めた。エリカは怒りを覚えた。

「おそろしい魔法をミルチャにかけようとしたのね、あなたは」

「足止めになりさえすればよかったのよ。まさか簡単にあの人にかかるなんて思っていなかったわ。でもよりによって、アドリアンの元婚約者のあなたにねえ……。なんて巡り合わせかしら」

イオアナはそう言ってクスクスと笑った。

「エリカ様が来てくれてよかったわ。ミルチャのことはだいたいカタがついているもの。せっかくだから、あなた、私の使い魔になってくださらない？　幻獣に食われるまでしか使えないとしても、その魔力、とても魅力的だわ……」

「……な……!?」

エリカは思わず立ち上がった。イオアナは、手提《てさ》げから、一冊の本を取り出した。分厚くはあるが、大きなものではない。十五センチ四方ほどのサイズで、革の表紙には紫色の宝石が埋め込んである。今のエリカには感じることができるその力は、魔法のものだった。

「……オルネア手稿……！」

なるほど、図書館でミルチャが『イプシランティ第三の書』を写本だと看破《かんぱ》したわけが今ならわかる。あれはただの古い本だ。だが、今目の前にある本は、それ自体が魔力の塊《かたまり》と言っても過言ではないものだった。

イオアナは頁《ページ》をめくった。ぱたりとひらいた本を左手に載《の》せ、エリカには理解できない言語の文章を読み始める。

（……だめよ、使い魔になんてなってたまるものですか）

エリカは左手の指輪を外した。左薬指を立てる。円周率をできるだけ素早く唱えると、体中がざわついた。力は確かな感触として左手に集まってきていた。ぐっと掌を固めると、その拳をイオアナにむけて突きつける。それは力そのものであり、イオアナへと真っ正面からぶつかっていく。

イオアナは、本を手にしたままそれを受けた。しかし。

「……そんな……！」

エリカの魔法は、イオアナを避けるように左右に広がり、霧散《むさん》していった。部屋中の家具ががたつき、カーテンがばたばたと舞い上がった。

「……だめよ、エリカ様、そんな魔法を使っては。竜化が進んでしまうわよ？」

イオアナは小首を傾《かし》げながら甘い声で言った。

「オルネア手稿には、所有者を守る力もあるのよ。あなたの魔法ごときではびくともしないわ」

エリカはぞっとしながらイオアナを見た。魔法の力を受け、金色の巻き毛がさわさわと揺れている。ふっくらとしたつややかな唇に、極上の笑みを浮かべたイオアナは、人形のように愛らしかった。

（……勝てない。このままでは……）

体中に走る寒気はきっと恐怖だ。この、イオアナの姿を借りた生き物は、間違いなくエリカを思い通りにしてしまうだろう。

（……どうすれば……）

エリカが後ずさったとき、ふと空気が張り詰めた。聞き覚えのあるかすれた声。独特の響きのある優雅な言語はまるで歌のようだ。

（もしかして……）

エリカがそう思った時、身体に響くような震動と不協音が足下から伝わってきた。それは、たとえるなら重たいピアノが地面に叩きつけられたようなイメージだった。

イオアナが悲鳴を上げて倒れ込んだ。それでもオルネア手稿を手放さない。

「お嬢様！」

ペトラの声がした。振り返ると扉の先でペトラが手を振っていた。その後ろにダリエがいる。重そうな何かを背負っていると思ったら、それはミルチャだった。

「ペトラ、任務完了しましたよ！　ミルチャさんを見つけて、救出しました！」

三人が来てくれた。それだけでエリカは泣きたくなるほどの安堵《あんど》が胸に湧いてくるのを感じた。

「さあ、ダリエさん、今こそ性悪女に鉄槌《てっつい》を！　レッツゴー！」

ペトラは、一番安全そうな柱の陰に隠れながら、声をあげた。

「そんな簡単に言わないでください！　相手は伝説の魔導書《グリモワール》持ちなんだ」

見るからに重そうなミルチャを背負って走ってきたのか、ダリエは息が上がっている。

「えー……。だってミルチャさんは瀕死《ひんし》の状態だし、私は魔法が使えない、しがない元盗賊ですから、この場面では役に立ちませんので、消去法でダリエさんしかいないんですけど……」

「……わたしを下ろして……」

ダリエの後ろでかすれた声がした。

「手が治るまでまだ少しかかるけど、結界はどうにか張った。マディール人は入れない。今のうちに、手稿を……」

床に下ろされて座り込んだミルチャは、ぼろぞうきんのような、と形容するのがふさわしい有様だった。オペラグラスで見た時にはわからなかったが、服はあちこち血で汚れているし、頬もすっかり痩《こ》けている。なにより、腕がひどい。手首のあたりがかなり腫《は》れていて、嫌な感じの方を向いている。

（……掌相《しょうそう》を使えないように……）

エリカは息をのんだ。

（なんてひどいことをするの）

エリカの視線に、ミルチャが気づいたのか顔を上げた。これほどひどい目に遭っているのに、彼の宿す美はまったく損《そこ》なわれていなかった。

「やあエリカ。ひさしぶりだね」

「あなた……どうしてこちらに来たの。私がアドリアンとイオアナを引きつけている間に、あなたはダリエとペトラの三人で逃げ出す算段だったのよ」

ミルチャに再び会えて、嬉しいはずなのに、エリカの口から出てきたのはそんな言葉だった。

「それは悪かったけど、イオアナ相手にきみを残して、そのまま逃げ出す気にはなれなかったんだ。それに、イオアナを叩くならこれは好機だ。それで、ペトラに頼んで来てしまったよ」

「そんな有様で来てどうするの、役に立たないわ」

「そうでもない。水をもらって生き返ったよ。ひからびてしまいそうだったからね。それに、ダリエに治癒《ちゆ》の魔法をかけてもらっているよ。今はまだうまく動かないが、結界は張れた。もう少ししたら動くようになる」

「……そんな手で……。あなたってバカよ」

「身内の後始末だからそのつもりだったんだが、向こうの方が一枚上手《うわて》だったね。わたしも自分の愚かさに、涙がでそうになるよ」

「私が来なかったらどうなってたと思うの」

「……大変なことになっていたね。でも、きみは来てくれた。ありがとう」

ミルチャがそう言った時に、ダリエの呻《うめ》き声が聞こえた。

振り返ると、イオアナの持つ本を奪おうとしたダリエが、はじき飛ばされて、エリカの足下に倒れ込んでいた。

イオアナは、オルネア手稿を片手に立ち上がろうとしていた。

「あなたたち、不愉快よ」

イオアナは整った面輪《おもわ》をゆがめて言った。

「私の苦労を全部台無しにして」

「ちょっと！　あんたこそ何なのよ！　お嬢様の人生をめちゃくちゃにしておいて、なんでもかんでも人のせいにしてるんじゃないわよ！」

柱の陰からペトラが大声を上げた。

「あんたには言いたいことが五十三個ぐらいあるんだから！　リストを読み上げてやる！」

イオアナが目をすがめた。

「なんなの、あなた」

「お嬢様の忠実な侍女よ。あんたのせいで、こっちは人生くるって大変なんですからね！　まず、一つ目、人様の男を横取りするなんて最低よ！　この泥棒猫！」

ペトラはそう言って本当にリストを読み上げだした。しかし、ペトラの言葉は、イオアナの琴線《きんせん》に触れたらしい。急にペトラに向けて声を荒らげた。

「なんですって、私だってあのボンボンの気を惹くのは大変だったのよ」

「二つ目、新聞社にあることないこと吹き込むなんて卑怯者《ひきょうもの》！　いったいいくら情報料もらったのよ、こっちによこしなさい！」

ペトラのせいでイオアナの気がそれたのは確かだった。ミルチャがエリカとダリエに声をかけた。

「まだ十分に手を動かせないから魔法が使えない。わたしの腕が動くようになるまですこし時間が必要だ。ダリエ、時間を稼いでほしい。指示する」

「しかし、俺の魔力はもう空に近い」

「竜化が進むからあまりいい方法じゃないが、エリカの力をきみに分け与えることはできる。エリカ、こんなことをきみに頼むのは申し訳ないけれど」

「そんなことができるのか？　エリカさんの竜化が進むなら、あんたの力を分けてもらった方が……」

「それができたらすぐにでもするさ。人から人への魔力の移動方法をわたしは知らない。だが、そもそも竜化の魔法は人への魔力移動も目的の一つだから可能だ」

エリカはうなずいた。勝つために、リスクをとらなければならないこともあるのだ。ましてや、完全なる敗北が目の前に迫っているならば。

「いいわ。やりましょう。でも、全てが終わったら元に戻してくれるわね」

「もちろんだよ。さあ、ダリエ、エリカと手をつないで」

とたんに、ダリエが顔を赤らめた。

「……え、いいんですか」

「こんな時にいいも悪いもないでしょう。さあ」

エリカは若干《じゃっかん》イラッとしながらダリエの左手を握った。ダリエの表情が一瞬ほわっと緩んだ。

「ダリエ、右手でアイテール第三の印、つづけて青の第六、氷の第九の印」

ミルチャの言葉に、ダリエはしかしすぐに反応した。右手だけで複雑な掌相を結ぶ。

「エリカ、私に続いて数字を唱えて。48、75、140、195、1050、1925、1575、1648……」

エリカはわけもわからずミルチャの言う数字を復唱した。しかし、数字を口にする度《たび》に、ぞわぞわと肌がざわめく感触がした。

「仕上げだ。ダリエ、わたしの詠唱につづいて」

ミルチャの口から、例の言語が流れだした。エリカにはわからないが、ダリエは理解できるのだろう、すぐに続けてぶつぶつ言いだした。ダリエが詠唱を終えるのと同時に、エリカの掌から、力が溢《あふ》れ出し、ダリエの方へと流れていくのがわかった。

「繋がった。手を離しても大丈夫」

「……すごい、こんな、力が……！」

ダリエが、自身の掌を見た。

「オルネア手稿を取り返してくれ……。エリカを戻すのに必要なんだ」

ミルチャが言うと、ダリエはうなずいてイオアナへと対峙《たいじ》した。どうやら本気になってペトラと言い争っていたらしいイオアナは、しまった、というようにダリエを見た。ペトラは柱の陰にひっこんだ。

ダリエが掌を合わせると、そこから掌相がはじまる。彼が指を動かし、手の形を変える度に、エリカは肌がざわめくのを感じた。手を見ると、腕の方からじわじわと黒いものが広がっていくのがわかった。

「……鱗《うろこ》……」

　エリカは息をのんだ。この調子では、腕一面鱗に覆われていることだろう。おそらくダリエが魔法を使えば使うほどこの鱗は広がっていくに違いない。

「エリカ、あと少しだ。腕が動けばなんとかなる」

　ミルチャがささやいた。腫れた手首は、そう言われてみれば先ほどよりはよくなっているようには見えるが、それでも少しでも動かすのは痛そうでならない。

「ミルチャ、ダリエさんに今みたいに指導して、もっと早く魔法で治してもらえないの」

「ダリエがかけてくれた治癒《ちゆ》の魔法は効いている。ただ、治癒の魔法は、対象者との相性もあるし、そもそもコントロールが難しい。治すつもりが、代謝速度を上げすぎて、却って悪化させることがある。多少ブレても、魔力を放出すればいい攻撃系のものとはわけが違うんだ。慣れていないダリエには上級のものは任せきれない」

　ダリエが魔法を放った。しかし、先ほどのエリカの円周率の魔法と同じように、その魔法はイオアナを避けて霧散してしまう。イオアナが言った。

「愚かね。オルネア手稿に真っ向から対抗しようなんて」

　すかさずミルチャが叫んだ。

「ダリエ、雷火、風の第三、続けて詠唱」

ミルチャの言葉にダリエはすぐに反応した。素早い動きで掌相を結ぶと、ミルチャのロヴァーシュ語の詠唱に続く。

そのとき、エリカは信じられないものを見た。イオアナがオルネア手稿を腕と脇腹ではさみ持ち、両の手は掌相を作り、詠唱をしている。

(イオアナが、魔法を……!?)

ダリエの手から黄金の光が放たれた。その勢いは激しく、さすがのオルネア手稿でも捌《さば》ききれないと思いきや、イオアナもまた魔法を放った。ダリエの魔法は拮抗《きっこう》した末に消え去った。ミルチャが声を上げた。

「バカな。オルネア手稿にこの手の魔法は載っていないはず」

「私がオルネア手稿に全て頼っていると思ったら大間違いよ。マリオンは自身も魔法を使いたくて研究していたのよ? 私はそのマリオンのそばにいたのよ。一つや二つ、覚えるわ」

イオアナはにっこりと笑った。

「もっとも、私が魔法を使えるのは魔力を供給してくれるオルネア手稿のおかげだけれど。試してみるのも悪くないわ。本当は、エリカ様を使い魔にしたかったけど……あなたたち、本当に厄介で、相手をするのも面倒になってきたわ。まとめていなくなって」

イオアナはそう言って右手の人差し指と中指の二本を立て、広げた左の掌へとすっと動かした。続けて詠唱が始まる。

（……これは……）

エリカでもわかる。掌相の単純さからいって、術そのものはそれほど高度なものではないのだろう。だが、オルネア手稿から供給される魔力は莫大で、構成される魔法の大きさもまた強大だった。イオアナの頭上に、紫色の火球がわだかまっている。

「ダリエ！」

ミルチャの声が焦《あせ》りを帯びた。

「冥《めい》の第二、第四」

ダリエはすぐさま対応した。歌うようなミルチャの詠唱に、ダリエの低い声が重なる。

その魔法は、これまでのような相手を攻撃するものとは違った。ダリエの目の前に黒い球体が浮かび上がる。それは黒というよりは、あらゆる光を吸い込むような虚無的な塊《かたまり》で、詠唱が進むほどにそのサイズは大きくなっていく。

そして、エリカは自分の中から流れ出す力を感じていた。自分の手を見ると、甲はすでに一面黒い鱗で覆《おお》われている。それどころか、肌の内側がぞわぞわと疼《うず》き、変化が起きているのがわかった。

「そんな魔法をつかっていいの？　あなた方のエリカ様がどんどん人ではないものになっていくわよ」

詠唱を終えて、イオアナは言った。ダリエがぎくりとしたように、一瞬詠唱を止めた。

その一瞬が分かれ目となった。

イオアナの頭上から紫の火球がこちらめがけて飛来する。詠唱が未完のダリエの黒い球体では、その火球を受け止めきれない。はじけた火の粉がこちらに降り注ぐ。

火球を見たからだろう、後ろの柱の陰に隠れているはずの、ペトラの悲鳴が背後から聞こえた。

エリカは咄嗟《とっさ》に左の薬指を立てて、円周率を数えていた。

「３・１４１５９２６５３５！」

身内からわき起こる力は比類ないものだった。握りしめた拳を火の粉に向ける。巻き起こった風がダリエをなぎ倒し、さらに火の粉を押し返していた。思いもしない反撃だったのだろう、イオアナは火の粉を浴びて悲鳴を上げた。

「なんとか動く、エリカ、伏せて！」

間髪《かんはつ》を容れずにミルチャが背後で叫んだ。考える間もなく、エリカは反射的に床に伏せていた。ミルチャのごく短い詠唱が聞こえ、直後に青く光るものがエリカの上を通り過ぎた。青い光がはじけるのと同時に、イオアナの悲鳴がもう一度聞こえて、重いものが床に倒れ込む震動がした。

顔を上げると、イオアナが床の上に横たわっているのが見えた。エリカの円周率の風に吹き飛ばされたダリエが、呻《うめ》きながら起き上がろうとしている。部屋のあちこちに飛び散った火の粉が、カーテンや椅子の張り地の上でくすぶっていて、また一部は火の手をあげようともしていた。

もう一度、小さな詠唱の声が聞こえると、さあっと冷たい空気が通り過ぎた。火の勢いは鎮《しず》まり、あたりには焦《こ》げ臭《くさ》さだけが残された。

エリカが身を起こしながら振り返ると、ミルチャが立ち上がってよろよろと歩きだしていた。

「……ミルチャ」

ミルチャは鼻歌を歌っていた。まだ腫れ上がっている腕を持ち上げて、震える指先をゆっくりと動かしている。

（……この歌……）

閉じ込められていた部屋でも歌っていたものと同じだった。だが、今のエリカにはわかった。これはただの鼻歌ではない。詠唱と同じだ。複雑な構成の魔力が編み上げられて、それはまるで網のようにイオアナを絡め取っていく。では囚われていたときから歌っていた鼻歌もまた、詠唱の一部だったのだ。今のエリカは感じることができた。手が動かないまま、詠唱だけで紡いだ構成は、精緻で膨大なものだ。掌相がなければ発動はしないが、歌うことによって構成は維持されている。あとは動くようになった手で、仕上げの掌相を行えばいい。それだけで魔法は発動する。

ミルチャはダリエの横を通り過ぎて、イオアナのもとにたどりついた。

ミルチャの魔法の直撃を受けたらしいイオアナは、ぴくりともせずに、淡いオレンジ色のドレスの中に埋もれている。

ミルチャは床に投げ出されたオルネア手稿を足で蹴り飛ばした。オルネア手稿があさっての方向に飛んでいくのを見届けてから、彼はイオアナのもとに跪《ひざまず》いた。痛々しい両手がイオアナの頰に触れると、彼はやつれた顔に美しい笑みを浮かべた。

ミルチャの口から、ロヴァーシュ語の響きが漏れると、それが合図だった。イオアナの口から、透明な形のないゲル状の何かがずるずると這い出すのが見えた。透明な物体は、床の上でぷるぷると震えながらも、床の上でひとかたまりになったままだった。

（……あれが）

マリオンが作り出したという生命体。イオアナの身体に寄生していたというのは本当だったのだ。

「エリカ、来てくれる?」

ミルチャは座り込んで言った。

「もうわたしも限界だよ。きみの力を貸してほしい」

エリカは立ち上がって歩きだした。なんだか身体が重く感じられた。ダリエがこちらを奇妙な目で見ている。

「お嬢様!」

柱の陰からペトラが出てきて声を張り上げた。

「やめてください、どんどん黒くなってますよう!」

エリカは振り返った。

「ペトラ。ここで終えるわけにはいかないわ。もう少し待っていて」

エリカは歩きながら、鱗に覆われてしまった手で自分の頬に触れた。ざらざらとした感触が伝わってくる。

(……私はいったいどんな見た目になっているのかしら……。人、それとも……)

エリカはミルチャのもとにたどり着いた。先ほどの掌相で相当無理をしたのだろう、だらりと下げたミルチャの両手はぴくりとも動かない。座り込んでいるミルチャは、エリカを見上げて目を細めた。

「……エリカ、きみには随分迷惑をかけてしまったね……」

「仕方のないことよ。勝つためには賭けに出ることも必要だもの」

「……きみらしい」

ミルチャはそう言って、少しだけ笑った。

「イオアナの身体はどうなるの？」

「彼女は無事だよ。わたしが元に戻ったら、回復させるから大丈夫だ。ただ、寄生されていた間の記憶は曖昧《あいまい》だろうから、どうしてアドリアン閣下《かっか》と結婚したのか、疑問に思うだろうね」

「そう考えると気の毒に思えるわね……」

「そうでもないさ。寄生されていたとはいえ、彼女の人格の半分ほどは、この生命体の行動に影響を与えていたはずだ。寄生されていたイオアナのやり方がなかなかずるがしこかったのも、本人のもともと持っていたものにも起因していたはずだよ」

つまり、あれやこれやの悪巧《わるだく》みは、イオアナ本人の性格からきているということだ。

「エリカ、最後まできみに負担をかけるが、力を貸してくれ」

エリカは、満身創痍《そうい》の美しい魔法使いを見た。

「……何をすればいいの」

「２の平方根」

エリカは、ミルチャのメモを思い出した。あそこに書かれていたから、覚えてきていたのだ。

「それを、これに……」

エリカは、ぷるぷると震えている透明の物体を見下ろした。

ここまでミルチャを傷つけ、エリカを追い詰めた真犯人の正体がこれだった。だが、目の前にあるのは、か弱く、自身だけでは形を保つことすら難しい物体だった。

ふいに、直前に交わした会話が脳裏をよぎった。勝手に生み出され、生きるために全力を尽くした生命体。哀れな存在だと言ってしまえばそれまでだが、そこにある命の輝きはきっと本物だ。

「……ごめんなさい」

エリカはつぶやいた。目の前にあるのはちっぽけな存在だった。しかし、放置すればいずれまた誰かに寄生し、人間の敵になるのだろう……。

エリカは薬指を立てた。エリカの手は、鱗で覆われているだけでなく、形すら変わろうとしていた。

「1・4142」

数字を唱えると、変化はより明瞭となった。爪の形が変化し、より鋭いものへと……

「13562３」

握りしめた手をその生命体に突き出すと、円周率の時とは異なる変化が起きた。

きらきらと輝く光の粒がエリカの拳からしたたり落ちた。光の粒は生命体を包むように広がっていき、全てを覆い尽くしたあと、一瞬で消え去った。ころりと、小さな白い石ころのようなものが、後に残された。

それはあまりに静かな消滅だった。エリカはその場に座り込むと、生命体の消え去った跡をじっと見つめた。

「きみは、その姿でも綺麗だね」

ミルチャがささやいた。エリカはミルチャに寄り添うと、そっと目を閉じた。

終章

前略
しばらく体調が優れなかったと伺《うかが》いましたが、少しは回復しましたか。

マディールへ戻ればよい医者にかかることもできるのに、辺境の島でエリカがどう過ごしているか心配です。

ところで、エルデイ島での舞踏会に出席したようですね。

これを足がかりに、少しずつマディールの社交界に戻るのもいいのではないかしら。

よい返事をまっています。

かしこ

エリカは図書館の閲覧《えつらん》机の上に置いた手紙を読み返して、ため息をついた。

エリカにとっては激動だったこの一カ月も、マズいところを省いて要約すれば、久しぶりに舞踏会に参加して、しばらく体調を崩していた、ということであろうか。母からの手紙はいつものように帰還を促《うなが》す言葉で終わっていた。

エリカは図書館の窓の外にそよぐ新緑を見た。初夏の緑はみずみずしく目に優しい。この一カ月の間、王立図書館の窓からこの景色を見ることを、どれだけ待ち望んだことだろう。それなのに……。

「なんすか、エリカさん、またラブレターっすか」

背後から声をかけられた。同僚のトーネだった。

「ちがいます。母からの手紙です。それに、いままでだってラブレターなんてもらったことありませんよ」

エリカは間髪《かんはつ》を容れずに答えた。

「なーんだ。ところでエリカさん、社交界新聞って見たことあります？」

社交界新聞、と聞くだけで怖気《おぞけ》が走る気がした。エリカは眉根《の》を寄せた。

「隣の分館の連中が、社交界新聞を読んで、エリカさんのことが載ってるって言ってたんですけど、ほんとっすか？」

「そんなわけないでしょう」

エリカはきっぱりと言いきった。

「でも、エリカ・エステルハージ嬢っていうのが、ゴルネシュテティ城の舞踏会で、総督の息子の奥さんと恋のさや当てをしたとかなんとかって、載ってたらしいですよ」

「エステルハージ家といっても、本家から、ほとんど庶民暮らしをしている末流までいます。それに、エリカなんて名前、エルデイ島だけでいったい何人いると思ってるんですか」

「いやー、そうっすよね。エステルハージ家の本家のご令嬢が、植民地で図書館勤務しているわけないっすよね」

「そうですよ」

「いやあ、その社交界新聞によると、総督の息子は、結局そのエリカ嬢にフラれて、舞踏会の後、駆け落ちした奥さんともぎくしゃくしちゃってるらしいですよ。貴族の恋愛ってよくわかんないっすよね」

「本当ですね、私にもわかりかねます」

エリカは言いきった。

「じゃあ、エリカさん、俺と庶民のデートしましょうよ。とりあえず、いまから一緒にランチに行きませんか？」

「すみませんが、今日は先約があるので」

エリカが答えると、予想外だったのか、トーネは驚きの声を上げた。

「ええっ⁉　エリカさんが⁉　誰とですか⁉」

「……ああ、来ました」

エリカが目線を送った先に、深緑の神官服を着たダリエがやってきた。突然現れたいかついブルガータ教の神官に、トーネは眼を丸くした。

「それでは、またあとで」

エリカはトーネを残して、ダリエのもとへと向かった。

「お時間を取らせてしまってすみません」

ダリエは、エリカの顔を見ると、厳《いか》つい表情を少しばかり緩めた。

「いえ、こちらこそ図書館まで足を運んでいただいて感謝します」

二人は図書館を出ると、庭園に作られたあずまやに移動した。

「あれから体調はどうですか」

ダリエが聞いてきたので、エリカは答えた。

「大丈夫ですよ、特に変化はありません。あの日は大変でしたね……」

「そうですね……」

ダリエはしみじみとうなずいた。

あの日。アドリアンの屋敷でイオアナに取りついていた生命体を追い払うことに成功したエリカたちだったが、その後が大変だった。なにしろアドリアンの屋敷の中でのことだったからだ。

エリカ自身は自分の姿を見ることができなかったが、のちにペトラに聞いたところによると、半分人間をやめた状態になっていたらしい。腕の回復を待つ間、ミルチャはついに手に入れたオルネア手稿《しゅこう》を解読した。はっきりいってミルチャも限界状態だったが、オルネア手稿を読み解けるのも、魔法をかけるのも、彼以外にできる人がいないのだから仕方がない。そうしてようやくミルチャの手が十分に動くところまで回復した後、エリカは元に戻ることができたのだった。

しかし、問題はそこからである。アドリアン邸の応接間に、ミルチャが張った結界は立派なもので、外部からの侵入を完璧に防いでくれた。結果、アドリアンは、エリカたちのいる応接間の扉がなぜか開かないことに気づき、何時間も苦闘する羽目になっていた。壁を物理的に破壊するしかないのではないか、という結論に至ったところで、扉が開いたらしい。しかし、アドリアンが見たのは、想像の斜め上を行く惨憺《さんたん》たる光景だっただろう。なぜかソファやカーテンが焼け焦《こ》げているし、イオアナは倒れているし、エリカも乱れた姿をしていて、地下に控えているはずの御者《ぎょしゃ》とメイドが室内にいる。おまけに、舞踏会で出会った、いけすかない眼鏡男（ミルチャのことだ）までが、ぼろぞうきんのような有様で、いるのである。アドリアンには理解不能であっただろう。

「エリカ？　いったい何があったんだい？」

「……それは、その……」

どうやっても説明できず、エリカが口ごもっていると、ミルチャが息も絶え絶えの様子でアドリアンに言った。

「閣下《かっか》、実はこの館に、通り魔のアジトが作られていたのです」

「……な、なんだって!?」

ミルチャは語った。今はやりの通り魔のアジトがなんとこの館の地下にあった。それに気づいたミルチャは、通り魔に、この屋敷に捕らえられていたのである。しかし、エリカの従者であるペトラとダリエが、なぜかそれに気づき、ミルチャを助け出してエリカのもとに連れてきた。そこに通り魔の首魁《しゅかい》が現れ、イオアナとエリカを人質として立てこもったのだ。しかし、勇敢にもダリエが通り魔を撃退したのである。通り魔は逃げていったので、もう安心であるが、イオアナはショックで寝込んでしまった……。

まあ、通り魔の親玉がイオアナであるからして、半分ぐらい真実といえば真実、ではあるが、どう考えてもありえないことだらけの、そんなわけないだろう、とツッコミどころ満載の説明である。しかしアドリアンは信じた。良くも悪くも、そういう素直な人間なのである。

「ま、まさか、我が家が通り魔のアジトになっていたなんて……！」

真っ青な顔になってアドリアンはミルチャに言った。

「イオアナは大丈夫なのかい？　それに、このことが父上に知れたら、ぼくの立場はますます大変なことに……」

「大丈夫です、閣下。イオアナ様はショックで気を失っておられるだけです。それに、このことをわたしたちは決して口外しません。閣下も口外なさらなければ、永遠の秘密として守られるでしょう」

「本当かい？　ありがとう……！」

「あ、そうそう、一つ忠告が。閣下、例のダイヤモンド鉱山はうまくいきませんよ。もし投資するなら、南フローデシアのメドベ鉱山がオススメですよ、それでは……」

というわけで、四人は撤退できたのである。

その後、アドリアン邸で事件があったというニュースはないので、黙っているのだろう。

「……まあ……。今回に限っては、アドリアン閣下が単純な方でよかったですね。とはいえ、あれで次期総督かと思うと、少々不安になりますが……」

ダリエは言葉を選びながら言った。

「……昔からああいう人なんです。とはいえ、愛される性分ですから、周りに支えてくれる人が集まってくるんですよ。アドリアンに美点があるとしたら、自分の能力がそれほど高くないとわかっていて、それで卑屈にならないところです。それから、他人の能力を羨《うらや》まず、それを認めることができることですね。優秀な人で周りを固めれば、大丈夫でしょう」

「それは、人選を慎重にしないといけないですね……」

「それにしても、最後にミルチャが言っていた鉱山のこと、本当なのかしら」

「あれはたぶん本当ですね。ミルチャはああ見えて、情報収集はぬかりないので」

「それなら、どうしてアドリアンに教えたのかしら」

「ミルチャなりの謝罪でしょう。部屋をめちゃめちゃにしたこともありますし、イオアナのこともあります」

「……そうなのね……。まあ、信じるかどうかはアドリアン次第だし……」

あずまやのベンチに座ると、エリカはため息をついた。

「そういえば、イオアナの使い魔たちはどうなったのかしら。道にいた物乞いを勝手に使い魔に仕立て上げていたんでしょう」

「それは、我々、聖堂騎士団の方で解放しましたよ。主人がいてこその使い魔ですからね。イオアナに寄生していたものがいなくなれば、自然と解放されますが、まあ、念のため」

「……そう。それならばいいけれど」

這々《ほうほう》の体《てい》でエリカの住むタウンハウスにたどり着いた四人だったが、一夜を明かした後、ミルチャは忽然《こつぜん》といなくなってしまった。しばらくしてから、ミルチャの屋敷があった村へも足を運んでみたが、そこはもぬけの殻《から》になっていて、だれも住んでいなかった。

「ミルチャ、どこへ行ってしまったのかしら。腕だって全快ではなかったのに……」

「彼ならば魔法で治せますよ、問題ありません」

「でも、あんなひどいことをされるなんて……」

エリカのつぶやきに、ダリエは少し考えてから答えた。

「……だから、ミルチャはマディール人の前では決して魔法を使わないのですよ。魔法は強い力を持ちますが、それを操るのは人間だから、弱点はあります。併合戦争の時には、多くの魔法使いがいなくなりましたが、それはマディール人に魔法の存在を知られたからです」

「魔法の存在を？　でも、今日《こんにち》、私たちは魔法があるなんてしりませんよ」

「それは、戦争を終結させるときに、最後の魔法使いたちがすべての記録と記憶を消したからです。残されたのが、魔導書《グリモワール》と、それからミルチャの存在なのです。もちろん、我々、聖堂騎士団にもわずかに残されていますが」

ダリエは一度息をついた。

「マディール人には恐怖だったでしょう。当時の武器の威力をはるかにしのぐ魔法の存在は。だから、魔法を使う人間を根絶やしにしようとしたのです。しかし、マディール人には、魔法使いと普通の人間の区別はつきません。それで、怪しいと疑われた沢山の人が亡くなりました。結局、耐えられずに、エルデイ島は降伏し、多くの魔法使いたちも姿を消したのです」

現在は平和そのものに思えるエルデイ島だが、そこに至るまでに、悲惨な歴史も存在するのだ。

ミルチャが魔法を弟に教えなかったのも、そこに原因があるのかもしれない。

「……実際、今回の件でミルチャにいくつか指示をもらった魔法の存在には驚きましたよ。これまで聖堂騎士団に伝わっているものとはまったく違う魔法の構成だった。あれと比べれば我々の魔法は児戯《じぎ》に等しい。彼の中にはあれ以上の魔法の知識が溢《あふ》れるほどあるのかと思うと……」

ダリエは考え込むように口を閉じた。

そのとき、道の向こうから、声がした。

「お嬢様、お弁当をお持ちしました！」

バスケットを持ったペトラとマウレールが、こちらに歩いてくる。お昼にあずまやで合流するように、待ち合わせをしていたのだ。

バスケットの中には、卵とクレソンをはさんだサンドイッチにひき肉入りのパイ、チーズ、スコーンが入っていた。
「これは豪勢だな」

「マウレールさんが頑張って作ってくれました。おいしいんですよ！」

「マウレールが？」

「マウレールは料理もできてしまうのよ。とてもおいしいの」

「……お嬢様にそう言っていただけると恐縮です」

四人は青空の下で料理を堪能《たんのう》した。

「アドリアン様は、あれからどうしているんでしょうね。イオアナは寄生されていただけなら、目が覚めた後はどうなってしまうんでしょう」

ペトラが疑問を口にした。

「社交界新聞によると、ぎくしゃくしてるらしいわ」

エリカはトーネに聞いた話をそのまま伝えた。

「それなのですが」

マウレールは給仕をしながら口を開いた。

「あれからアドリアン様から連絡がありまして。騒動の後のイオアナ様の様子がおかしいので、エリカ様はなにかご存じないか、ということでした」

「……そんな連絡が……」

「イオアナ様は、アドリアン様と駆け落ちしたことも、結婚したことも忘れてしまったようです。アドリアン様は、それが事件の後遺症なのか、心配しておられるそうですよ」

「つまり、寄生されていた間の記憶がすっぽり抜けているということか。まあ、それは仕方がないだろうな……」

　ダリエはぼそりと言った。マウレールは淡々と語った。

「記憶がないせいか、イオアナ様はアドリアン様と結婚したことが納得できず、もめているとかいないとか……」

「それは仕方ないわね」

　エリカはつぶやいた。けれども、舞踏会で会ったアドリアンは、イオアナを心から愛している様子だった。イオアナも、寄生されていたとはいえ、その人格の半分は元の人間のものだという。だとすれば、アドリアンを憎からず思っているのは間違いない。

「今はぎくしゃくしていても、きっとまた仲良くなれるわ……」

「なんかムカつきますね。少しくらい苦労してもらわなくちゃ。ちょっとは修羅場を味わうべきですよ」

「ペトラ……、そういう言い方は……」

「だってそうじゃないですか。そのせいで、お嬢様はあんな大変な日に遭《あ》ったんですから」

そう言ってから、ペトラはしみじみとエリカを眺めた。

「それにしてもお嬢様、よく元に戻りましたねえ。あれに関しては、ミルチャさんの腕のよさに感心しました」

「……。そんなに変わってしまっていたの」

ダリエもペトラも微妙な顔になった。いったいどんな有様だったのか。

(……まあいいわ。結局いまは元に戻ったんだもの)

「それにしても、ミルチャ殿は、どこに行かれたのでしょうな」

「……わかりませんね。次に会えるのはまた二十年後かもしれません」

ダリエの言葉にエリカは空を仰いだ。

二十年後。そのときも、ミルチャは変わらぬ姿でへらへらしながら現れるのだろうか。

エリカは左手の薬指に塡《は》まった指輪を眺めた。つけている必要ももうないのだが、なんとなくつけ続けている、その指輪を。


三人と別れて、エリカは午後の仕事に戻った。

別れ際《ぎわ》に、またしてもダリエに食事に誘われた。今度は二人きりでぜひ、と言われたが、ブルガータ教会の食事内容はそれほどわびしいのであろうか……。

エリカがそんなことを考えながら写字室《しゃじ》に行くと、見知らぬ人影が書棚付近にいることに気づいた。トーネでもなければ、ほかの職員でもない。

(……まさか……)

「あなた……」

エリカが声をかけると、その人影は、ふらりと振り返った。

「あ、見つかっちゃったなあ」

流行遅れの服。人相もわからないほど分厚く大きな眼鏡。にもかかわらず、今のエリカには、その美貌が透けて見えるような気がした。

「……ミルチャ」

「やあエリカ、久しぶり」

「あなた……怪我《けが》は大丈夫なの」

「あんなもの、とうの昔に治っているよ。まあ、ちょっと空腹だったから、しばらく養《よう》生《じょう》したけどね。わたしのことを心配してくれるの？　嬉しいな」

ミルチャはそう言って、掌をひらひらとひるがえした。

「……どうしてこんな所に」

「そりゃ、借りた本を返しに来たからさ」

ミルチャが取り出した本を見て、エリカは目を瞠《みは》った。

「……オルネア手稿……」

「うん。普通のエルデイ人が来られない、ここがやっぱり一番安全かな、と思ってね」

屈託なく言うミルチャに、エリカはふうっと肩の力が抜けるのを感じた。

と、ミルチャの服の襟の陰から、イタチのような白い小動物がちょろりと顔を出した。

「おっと、フィニカ、出てきちゃだめだよ。ここは図書館だ」

それを見てエリカは考え込んだ。ミルチャがペットなど飼うだろうか。自分の世話さえ適当なのに……。

「……その、白い動物は……」

「ああ、気づいた？　イオアナにとりついてた、アレだよ」

「ええっ!?」

エリカはのけぞりそうになった。

「だって、あのときに、全部消えて……」

「核だけ残っていたからね。回収して、きちんと術をかけ直した。マリオンの不完全な技のせいで、あんな形になっていたけれど、正式にはこんなふうになるんだよ」

「危険じゃなくて……？」

「大丈夫だよ。もう共食いはしない。本来は善良な生き物なんだ」

「でも、どうして……」

「こいつの言い分も一理あるかな、と思ったんだよ。勝手に作り出されて、勝手に処分されるなんて、そりゃまあ、確かに腹が立つ。だから、一からやり直せばいいと思ったんだ。本来あったはずの形でね」

エリカは、白くて柔らかな毛並みのイタチもどきを眺めた。つぶらな瞳がくるりとこちらを見てきた。可愛い。元はあの邪悪な寄生生物とはとても思えなかった。

「いかにオルネア手稿の魔法といっても、死者を生き返らせることはできないんだよ。マリオンは、そのときそれに気づけなかったからこんなことになってしまったけれど……」

ミルチャはそう言って眼鏡の奥の目を閉じた。

「だけど、わたしも同じだと思ったんだよ。オルネア手稿を使いこそしなかったけれど、過ぎ去っていった大切な人にとらわれて、前を見ることを忘れていた。限りある命だからこそ、価値があるのだと……」

ミルチャはエリカを見た。

「……きみとなら、もう一度この世界を歩いていきたいと思ったんだ。一人で暮らすのも飽きたしねえ」

ミルチャはそう言って、にっこりと笑った。

「一からやり直すのも悪くない」

エリカは聞き返した。

「一から？」

「そう一から。だから、エリカ、わたしと結婚しないかい？」

いつもの調子でそう言われて、エリカは噴き出しそうになった。

「そんなに簡単にイエスとは言えないわ。それこそ一からお互いを知り合わなければ」

「うん、それはいいね。じゃあ、またここから始めよう。まずはオルネア手稿を戻すところから……」

またここから。

上機嫌で笑みを浮かべるミルチャを見ながら、エリカは新たな頁《ページ》が開かれるのを感じていた。

※この作品はフィクションです。実在の人物・団体・事件などにはいっさい関係ありません。

集英社オレンジ文庫をお買い上げいただき、ありがとうございます。
ご意見・ご感想をお待ちしております。

●あて先
〒101-8050　東京都千代田区一ツ橋2-5-10
集英社オレンジ文庫編集部 気付
森　りん先生

集英社
オレンジ文庫

竜の国の魔導書《グリモワール》

2022年2月23日　第1刷発行

著者　森　りん
発行者　北畠輝幸
発行所　株式会社集英社
〒101-8050東京都千代田区一ツ橋2-5-10
電話【編集部】03-3230-6352
【読者係】03-3230-6080
【販売部】03-3230-6393（書店専用）
印刷所　図書印刷株式会社

ISBN 978-4-08-680436-3 C0193

集英社オレンジ文庫

希多美咲

龍貴国宝伝

蝶は宮廷に舞いおりる

宝具を継ぐ者が玉座に座る「龍貴国」。
宝具がすり替えられていることに気付いた
宝具師・硝飛は、幼馴染みの林迅と
本物の宝具を追うが、二人は
国家を揺るがす秘密に行き着いてしまい…。

集英社オレンジ文庫

永瀬さらさ

聖女失格

数多の聖女と皇帝候補が誓約を結んで
皇帝の座を争う百年に一度の皇帝選。
能力がなく虐げられるシルヴィアは、
聖女の証である聖眼が発現し、追われる身に。
その窮地に出会ったのは、かつて
皇帝選が行われる原因を作った妖魔皇で…？